O IMITADOR DE VOZES

THOMAS BERNHARD

O imitador de vozes

Tradução
Sergio Tellaroli

1ª *reimpressão*

COMPANHIA DAS LETRAS

Copyright © 1978 by Suhrkamp Verlag Frankfurt am Main

This translation was supported by the Austrian Federal Ministry for Education, Arts and Culture. [A tradução desta obra recebeu incentivo do Ministério Federal Austríaco para Educação, Arte e Cultura.]

Grafia atualizada segundo o Acordo Ortográfico da Língua Portuguesa de 1990, que entrou em vigor no Brasil em 2009.

Título original
Der Stimmenimitator

Capa
Victor Burton

Imagem da quarta capa
© Andrej Reiser/ Agentur Bilderberg GmbH

Preparação
Márcia Copola

Revisão
Marise S. Leal
Isabel Jorge Cury

Dados Internacionais de Catalogação na Publicação (CIP)
(Câmara Brasileira do Livro, SP, Brasil)

Bernhard, Thomas
  O imitador de vozes / Thomas Bernhard ; tradução Sergio Tellaroli. — São Paulo : Companhia das Letras, 2009.

  Título original : Der Stimmenimitator
  ISBN 978-85-359-1504-4

  1. Romance alemão I. Título.

09-06377   CDD-833

Índice para catálogo sistemático:
1. Romances : Literatura alemã   833

Todos os direitos desta edição reservados à
EDITORA SCHWARCZ S.A.
Rua Bandeira Paulista, 702, cj. 32
04532-002 — São Paulo — SP
Telefone: (11) 3707-3500
www.companhiadasletras.com.br
www.blogdacompanhia.com.br
facebook.com/companhiadasletras
instagram.com/companhiadasletras
twitter.com/cialetras

Sumário

Hamsun, 9
O imitador de vozes, 11
Difamação, 13
Fourati, 14
Prospecto, 16
Pisa e Veneza, 17
Medo, 18
Passagem de ida, 19
Compulsão interior, 21
Espeleólogos, 23
Em Lima, 25
Quase, 26
Exemplo, 27
Caridade, 29
Bom conselho, 30
Preconceito, 31
Suspeita, 33
Troca, 35

Trem matinal, 37
Bela visão, 38
Inversão, 39
Hotel Waldhaus, 40
O lenhador Haumer, 41
Sério, 43
Demais, 44
Receita, 45
Ingleses decepcionados, 46
Sucesso estrondoso, 47
Propósitos científicos, 48
Sagaz e incapaz, 49
Caráter, 50
O erro de Moosprugger, 51
Correio, 52
Afirmação, 53
Comédia, 54
Prevenção, 55
Emigração, 56
Alheamento, 57
Entrega, 58
De Orio, 60
Fotógrafos, 62
Schluemberger, 63
Descoberta, 65
Mimosas, 67
Um dançarino famoso, 69
Consciência pesada, 70
Esquecimento, 72
Piccadilly Circus, 74
Aumento, 76
No Frauengraben, 77

As panteras, 79
A nota errada, 81
O agricultor aposentado, 82
A empregada, 83
A costureira, 84
O capote de lã, 85
Fabricantes de papel, 86
Marco fronteiriço, 87
Dois irmãos, 89
Natural, 91
Gigante, 93
História natural, 94
Questão parlamentar, 96
Dois bilhetes, 98
Amor não correspondido, 99
Excursionistas, 100
Amor verdadeiro, 101
Impossível, 103
Sentimento, 105
Um autor obstinado, 107
Desejo insatisfeito, 108
Presença de espírito, 109
Ganho adicional, 111
Silo, 112
Famosos, 114
Sem alma, 116
O príncipe, 117
O príncipe Potocki, 118
Lec, 119
A tumba do rei, 120
Contradição, 122
Fertilidade, 123

Conformado, 124
Decisão, 126
Serviço público, 128
Recuo, 130
Imaginação, 132
Expedição, 133
Legado, 135
Sósia, 137
Sorte, 139
História nacional, 140
Coerência, 142
Perto de Sulden, 144
Perast, 146
Loucura, 147
Cuidado, 148
Em Roma, 149
Renúncia, 151
Como Robert Schumann, 152
Veneração, 153
Gênio, 155
Novecentas e noventa e oito vezes, 157
Regresso, 158

Hamsun

Perto de Oslo, conhecemos um homem de cerca de sessenta anos que nos contou mais sobre aquele asilo do que sabíamos pelas próprias anotações de Hamsun acerca de seu último ano de vida, e isso porque, exatamente na mesma época, ele trabalhara no asilo para velhos em que viveu o maior escritor norueguês. No restaurante da hospedaria perto de Oslo em que pernoitamos algumas vezes, ruidoso e naturalmente lotado em plena sexta-feira à noite, aquele homem chamara nossa atenção fazia já algum tempo em virtude de seu caráter taciturno. Depois de nos sentarmos a sua mesa e nos apresentarmos, descobrimos que ele fora estudante de filosofia e, por motivos acadêmicos, entre outros, morara quatro anos em Göttingen. Nossa impressão havia sido de que se tratava do capitão de algum navio norueguês, e por isso fomos até sua mesa, para ouvir mais sobre viagens marítimas, e não sobre filosofia, da qual, aliás, havíamos fugido em direção ao norte, provindos da Europa Central. Mas o homem não nos importunou com filosofia, afirmando que, na verdade, a abandonara da noite para o dia e, aos vinte e sete anos de idade, resolvera dedicar-se a cuidar dos velhos. Não se arrependia da decisão. Já sua primeira tarefa fora ajudar um velho a se levantar da cama, arrumá-la para ele e ajudá-lo a se deitar novamente. E esse velho havia sido o Hamsun. Todo dia, durante vários meses, ele levava o Hamsun até o jardim situado nos fundos do asilo, e ele próprio comprara na aldeia os lápis com os quais Hamsun escreveu seu último livro. Tinha sido o primeiro a vê-lo *morto*. Naturalmente, naquela época não sabia bem quem era Hamsun, cujo rosto sem vida cobriu com o lençol.

O imitador de vozes

Convidado de ontem à noite da Sociedade Cirúrgica, o imitador de vozes, depois de se apresentar no Palais Pallavicini a convite da própria Sociedade Cirúrgica, já havia concordado em se juntar a nós na Kahlenberg para, também ali, na colina onde mantemos uma casa sempre aberta a todas as artes, apresentar seu número, naturalmente não sem o pagamento de cachê. Entusiasmados com o espetáculo a que tínhamos assistido no Palais Pallavicini, pedimos ao imitador de vozes, natural de Oxford, na Inglaterra, mas que frequentou escola em Landshut e exerceu de início a profissão de armeiro em Berchtesgaden, que, na Kahlenberg, não se repetisse, mas apresentasse algo inteiramente diverso do mostrado na Sociedade Cirúrgica, ou seja, que imitasse na Kahlenberg vozes inteiramente diferentes daquelas imitadas no Palais Pallavicini, o que ele prometeu fazer. E de fato o imitador de vozes imitou na Kahlenberg vozes inteiramente diferentes daquelas apresentadas na Sociedade Cirúrgica, algumas mais, outras menos famosas. Pudemos inclusive fazer pedidos, aos quais o imitador de vozes atendeu com a maior solicitude. Quando, porém, no final, sugerimos que imitasse sua própria voz, ele disse que aquilo não sabia fazer.

Difamação

Dois filósofos, *sobre* os quais já se publicou mais do que eles próprios escreveram e que, depois de anos sem se ver, um dia se reencontraram justamente na casa de Goethe em Weimar, para onde naturalmente viajaram, cada um por si, provindos de direções opostas e com o único propósito de conhecer melhor os hábitos de Goethe, viagem que, aliás, lhes causou as maiores dificuldades, porque era inverno e fazia muito frio, asseguraram nutrir um pelo outro, por ocasião desse encontro inesperado e de fato embaraçoso para ambos, a mais elevada estima e admiração, anunciando também de pronto que, tão logo voltassem para casa, mergulhariam nos escritos do colega com a intensidade que sua obra exigia e merecia. Quando, porém, um deles declarou que publicaria naquele que, em sua opinião, era o melhor jornal do país um relato sobre o encontro na casa de Goethe em Weimar, naturalmente sob a forma de ensaio filosófico, o outro o repudiou de imediato, caracterizando o intento do colega como difamação.

Fourati

Em Montreux, à beira do lago de Genebra, chamou-nos a atenção uma senhora sentada num banco de parque à beira d'água que, de tempos em tempos, recebia e dispensava nesse mesmo banco de parque os mais diversos visitantes sem jamais mover um músculo. Por duas vezes, um automóvel parou à beira do lago e, bem defronte dela, um jovem uniformizado desceu, entregou-lhe jornais e partiu, de tal forma que acreditamos só poder tratar-se de seu motorista particular. A senhora estava envolta em vários cobertores de lã e estimamos que tivesse bem mais de setenta anos. Às vezes, acenava para algum passante. Provavelmente, era uma daquelas suíças nobres e ricas que, no inverno, moram à beira do lago de Genebra, pensamos nós, enquanto seus negócios seguem seu curso pelo restante do mundo. De fato, logo fomos informados de que a senhora estava entre as suíças mais nobres e ricas que passam o inverno à beira do lago; era paraplégica havia vinte anos, e fazia vinte anos que, quase diariamente, mandava o motorista levá-la até a beira do lago de Genebra, deixá-la sempre no mesmo banco e providenciar-lhe jornais. Há décadas Montreux deve a ela cinquenta por cento de sua receita tributária. O célebre hipnotizador Fourati a hipnotizara vinte anos antes e não conseguiu mais libertá-la da hipnose. Com isso, como é sabido, Fourati acabou definitivamente não apenas com a vida daquela senhora, mas também com a sua própria.

Prospecto

Um casal de Salzburgo que sempre trabalhou e agora gozava de aposentadoria dupla teve a ideia de, no final do inverno, fazer uma viagem para Zell am See, na região de Pinzgau, razão pela qual providenciou um prospecto da cidade, alvo de tantos elogios, que pudesse folhear para, dessa forma, escolher uma pousada que parecesse apropriada a seu intento e onde pudesse passar duas ou três semanas. E, com efeito, o casal, que gostava de viajar, encontrou no prospecto uma pousada que pareceu corresponder às expectativas e exigências de ambos, empreendendo, assim, sua viagem. Quando, porém, terminada a jornada bastante cansativa até Zell am See, os dois adentraram a pousada escolhida, foram obrigados a constatar que, em tudo o que haviam esperado, ela contrariava suas expectativas. Por exemplo, os quartos, que o prospecto descrevera como muito simpáticos, eram escuros, e pareceu aos cônjuges horrorizados que cada um deles continha um caixão fechado, no qual estava inscrito sempre e somente o seu nome.

Pisa e Veneza

Os prefeitos de Pisa e Veneza tinham concordado em molestar os visitantes de suas cidades, que havia séculos se encantavam em igual medida tanto com Pisa como com Veneza, mandando transferir, em segredo e da noite para o dia, a torre de Pisa para Veneza e o campanário de Veneza para Pisa, instalando-os no novo local. Mas não conseguiram manter segredo de seu intento e, justamente na noite em que pretendiam mandar transportar a torre de Pisa para Veneza e o campanário de Veneza para Pisa, foram internados no manicômio: naturalmente, o prefeito de Pisa no manicômio de Pisa e o prefeito de Veneza no manicômio de Veneza. As autoridades italianas lograram tratar a questão dentro do mais absoluto sigilo.

Medo

Em junho do ano passado, foi a julgamento um tirolês acusado do assassinato de um escolar da cidade de Imst, tendo sido condenado pelo tribunal à prisão perpétua. O tirolês, tipógrafo de ofício e, para a alegria do patrão, funcionário de uma gráfica de Innsbruck com trinta anos de casa, justificou-se alegando que sentia medo do escolar de Imst, no que os jurados não acreditaram, uma vez que o tipógrafo, na verdade natural de Schwaz e cujo pai havia conquistado o mais elevado respeito no Tirol como presidente da associação tirolesa de açougueiros, tinha um metro e noventa de altura e, como puderam constatar os jurados no tribunal, era capaz de erguer uma bola de ferro de cento e cinquenta quilos a dois metros de altura sem fraquejar. O tirolês assassinara o escolar com uma assim chamada *marreta de pedreiro*.

Passagem de ida

No primeiro dia do ano de 1967, nosso tio, que era proprietário de uma fábrica de tabaco em Innsbruck e de uma dita casa de veraneio em Stams, razão pela qual o chamávamos de nosso tio de Innsbruck, solicitou no guichê da estação ferroviária central de Innsbruck uma passagem *de ida e volta para Merano* e, de fato, embarcou num trem para Merano com uma quantidade excepcional de bagagem, conforme nos relataram testemunhas. Mas nunca chegou àquela cidade, e ninguém jamais teve notícia dele, embora as investigações só tenham sido interrompidas após dois anos de intensas buscas. Nesse meio-tempo, a fábrica de tabaco foi fechada e a casa de veraneio, vendida, porque os custos das investigações engoliram a totalidade da chamada *fortuna em dinheiro* deixada por nosso tio de Innsbruck. Até o momento, não se encontrou comprador para a fábrica de tabaco, onde trabalhavam trezentos operários que, enquanto isso, precisaram ser demitidos, porque a demanda por tabaco caiu nos últimos anos e a fábrica de nosso tio é de fato obsoleta. Diz-se, no entanto, que ela precisará ser vendida quando os advogados que trabalharam na busca por nosso tio cobrarem seus honorários, naturalmente altos. Toda primavera nós nos lembramos de que, por volta de meados de maio, íamos para Innsbruck e, em Innsbruck, pernoitávamos em casa de nosso tio para, na manhã seguinte, bem cedinho, partir com ele para Stams, onde passávamos vários dias em sua casa de veraneio, lendo e passeando pelos bosques da redondeza. Estamos convencidos de que a boa saúde de que gozamos há tantos anos se deve sobretudo a essas visitas que fazíamos a nosso tio, duas vezes por ano, na primavera e no outono, em Innsbruck e Stams. O infortúnio que indubitavelmente se abateu sobre ele em sua viagem a Merano é também o motivo pelo qual hoje em dia, quando viajamos, nunca compramos passagem de *ida e volta*, mas tão somente *passagem de ida*.

Compulsão interior

Bombeiros de Krems foram levados a julgamento porque retiraram a rede de salvamento que haviam estendido e saíram correndo bem no momento em que o suicida, que fazia várias horas ameaçava saltar de uma saliência do quarto andar de um edifício residencial de Krems, efetivamente saltou. O mais jovem dos bombeiros declarou no tribunal que, agindo *sob súbita compulsão interior*, saiu correndo quando viu que o suicida cumprira sua ameaça, sem no entanto soltar a rede de salvamento. Como era o mais forte dos seis bombeiros presentes, arrastou consigo e com a própria rede também os cinco colegas e, no momento em que o suicida — um estudante infeliz, como relata o jornal — arrebentou-se no chão da praça defronte ao edifício ao qual se segurara por tanto tempo, todos eles teriam caído também, sofrendo com isso ferimentos mais ou menos dolorosos. O tribunal em que o bombeiro que correra com a rede de salvamento, e que, como já foi dito, era o mais jovem e forte de todos, foi julgado como réu principal não teve como eximi-lo de responsabilidade e, embora naturalmente não pudesse estar convencido de sua inocência, absolveu-o, assim como aos outros cinco bombeiros de Krems. Há décadas o corpo de bombeiros de Krems goza da reputação de ser o melhor corpo de bombeiros do mundo todo.

Espeleólogos

Não faz muito tempo, os chamados espeleólogos, que dedicam sua vida a estudar cavernas e com frequência despertam o maior interesse sobretudo entre os leitores de revistas ilustradas que habitam as grandes cidades, puseram-se a estudar também a caverna localizada entre Taxenbach e Schwarzach, que, segundo lemos no jornal, jamais fora explorada. No final de agosto, e em condições climáticas ideais, como informa o *Salzburger Volksblatt*, os espeleólogos teriam entrado na caverna com o firme propósito de sair de lá até meados de setembro. Como, porém, já no final de setembro ainda não houvessem retornado da caverna, formou-se uma equipe de salvamento, que, sob o nome de *Equipe de Salvamento dos Espeleólogos*, lançou-se caverna adentro para ir em socorro daqueles espeleólogos que, originalmente, tinham entrado na caverna no final de agosto. Contudo, em meados de outubro, tampouco essa Equipe de Salvamento dos Espeleólogos retornara da caverna, o que motivou o governo estadual de Salzburgo a enviar uma segunda Equipe de Salvamento dos Espeleólogos para dentro da caverna. Essa segunda

Equipe de Salvamento dos Espeleólogos compunha-se dos homens mais fortes e corajosos do estado, munidos dos mais modernos *equipamentos de salvamento em caverna*, como se diz. Exatamente como a primeira, essa segunda Equipe de Salvamento dos Espeleólogos de fato adentrou a caverna como planejado, mas ainda não havia saído de lá no começo de dezembro. Em consequência disso, o departamento responsável por espeleologia do governo estadual de Salzburgo incumbiu uma construtora de Pongau de emparedar a caverna entre Taxenbach e Schwarzach, o que foi feito ainda antes do início do novo ano.

Em Lima

Em Lima, prenderam um homem que insistia obstinadamente em ir para os Andes, a fim de procurar a esposa que, ano passado, teria saído de casa em direção aos montes Tauern e, segundo depoimento do próprio homem à polícia de Lima, provavelmente se perdera nas proximidades do Tappenkar e despencara de alguma greta entre as rochas. Como, porém, os montes Tauern e naturalmente também o Tappenkar se situam nos Alpes ao redor de Salzburgo, o que até os policiais de Lima sabiam, nenhum espanto causou o fato de os agentes peruanos se perguntarem o que afinal aquele homem — o qual, de aspecto absolutamente desleixado, vestindo calça rasgada e camisa de camponês da Caríntia, prenderam em plena cidade de Lima, porque lhes pareceu suspeito — queria no Peru. E, de fato, o detido era natural de Ferlach, na Caríntia, um próspero e bem-sucedido armeiro austríaco. Maiores informações, nosso jornal não traz.

Quase

Em nossa última excursão ao vale do Möll, onde sempre nos sentimos felizes, qualquer que seja a estação do ano, hospedados numa pousada em Obervellach que nos havia sido recomendada por um médico de Linz e não nos decepcionou, conversamos com um grupo de ajudantes de pedreiro que, terminado o dia de trabalho, ali se reuniu para cantar e tocar cítara, relembrando-nos assim dos inesgotáveis tesouros da música folclórica da Caríntia. Tarde da noite, o grupo de ajudantes de pedreiro veio sentar-se a nossa mesa, e cada um de seus membros tinha algo digno de *nota* ou *lembrança* a contar sobre a própria vida. Chamou-nos a atenção sobretudo o ajudante de pedreiro que relatou que, aos dezessete anos, para ganhar uma aposta feita com um colega, subira até a agulha da torre da igreja de Tamsweg, sabidamente bastante alta. Levei um tombo que *quase* me matou, disse ele, enfatizando expressamente que, por esse mesmo motivo, *quase* tinha saído no jornal.

Exemplo

O repórter encarregado da cobertura dos tribunais está mais próximo da miséria e da absurdidade humanas do que qualquer outra pessoa e, naturalmente, só é capaz de suportar essa experiência por um curto período de tempo, decerto não pela vida inteira, se não deseja enlouquecer. A ele, que ganha seu pão relatando crimes reais ou supostos mas naturalmente sempre vergonhosos, os tribunais revelam a cada dia o provável, o improvável e mesmo o inacreditável, acontecimentos os mais incríveis, sendo portanto natural que em breve nada mais o surpreenda. Quero, porém, comunicar aqui um único episódio, que até hoje me parece o mais notável de minha carreira de repórter nos tribunais. Depois de condenar um exportador de carne de vaca de Murau a doze anos de prisão e ao pagamento de oito milhões de xelins — lembro-me bem de ele ter chamado o réu de vil chantagista em seu comentário final —, o juiz Ferrari, titular do Supremo Tribunal Estadual e durante muitos anos figura dominante do tribunal estadual de Salzburgo, no qual, como disse, atuei bastante tempo como repórter, relatando tudo o que se passava ali, tornou a se levantar, depois de proferida a sentença, para dizer que pretendia naquele momento instituir um exemplo. Então, após anúncio tão incomum, num piscar de olhos enfiou a mão por baixo da toga, sacou do bolso do paletó um revólver destravado e, para horror de todos os presentes à sala, disparou contra a têmpora esquerda. Morreu na hora.

Caridade

Uma velha senhora, vizinha nossa, foi longe demais em sua índole caridosa. Tinha acolhido em sua casa *um pobre turco*, conforme acreditava, que, de início, mostrou-se de fato agradecido por não mais precisar viver num barraco de canteiro de obras destinado à demolição mas, em vez disso, e graças à caridade da velha senhora, poder morar agora num casarão situado no meio de um grande jardim. Fez-se útil ali, trabalhando como jardineiro, e a velha senhora não apenas vivia lhe comprando roupas novas como verdadeiramente o mimava. Um dia, o turco compareceu à delegacia de polícia e declarou ter matado a velha senhora que, por caridade, o acolhera em sua casa. *Estrangulou-a*, como constatou em visita imediata ao local do crime a comissão designada pelo tribunal. Quando a comissão perguntou ao turco por que havia matado, ou seja, estrangulado a velha senhora, ele respondeu: *Por caridade*.

Bom conselho

Um excursionista que se juntara a nós a caminho do chamado Eisriesenwelt — a enorme caverna de gelo em Werfen —, provavelmente porque julgou nossa companhia mais divertida que a das demais pessoas no trem que descia rumo ao vale, contou-nos que se sentia profundamente infeliz pelo fato de, a uma pergunta de um colega bancário sobre onde passar suas férias a fim de relaxar um pouco, ter aconselhado um cruzeiro pelo Adriático e pelo Mediterrâneo que tanto bem já lhe fizera certa vez. Por razões, segundo ele, ainda inexplicadas, justamente o navio em que o colega seguia para Dubrovnik, Corfu e Alexandria afundara perto de Creta, e seu colega, assim como todos os demais participantes daquele desafortunado cruzeiro, como se exprimiu o excursionista, morrera afogado. O mais provável era que tivesse afundado rapidamente, junto com o navio. O naufrágio daquele navio e o afogamento do colega o afetavam tanto que havia anos ele não tinha mais sossego. Perguntou-nos o que podia fazer para se libertar da consciência pesada, mas não nos atrevemos a lhe dar conselho algum.

Preconceito

Certa vez, no meio da floresta nas proximidades de Grossgmain, aonde costumávamos ir com muita frequência nos fins de semana, nós e nossos pais, a bordo do chamado landau ainda do século anterior, fabricado numa oficina de Elixhausen famosa pela construção de landaus, avistamos um homem de cerca de quarenta, quarenta e cinco anos que tentou nos deter plantando-se no meio da estrada e teve inclusive a audácia de se agarrar aos arreios dos cavalos, a fim de parar nossa carruagem, o que naturalmente não conseguiu — descíamos a montanha bem depressa, porque queríamos alcançar a tempo nosso tio muito doente, que vivia numa cabana de caça comprada de um príncipe Liechtenstein no começo do século por nosso avô e ampliada para aquilo que ele sempre chamava de seus *propósitos filosóficos*. O homem saltara para o lado no último instante, pondo-se em segurança somente depois de várias cambalhotas, o que, em meio à noite que caía, só pude divisar de forma muito indistinta. O fato é que acreditamos tratar-se de um daqueles sujeitos saídos de uma de nossas numerosas instituições penais, como as chama o linguajar jurídico, que justamente ali, na fronteira entre a Baviera e a Áustria, costumam cometer seus excessos, razão pela qual não paramos. Na verdade, teríamos mesmo chegado ao ponto de atropelar o estranho que surgiu tão de repente diante de nós, e isso para evitar que fôssemos vítimas de um crime, como acreditamos que seríamos. No dia seguinte, um lenhador que trabalhava para meu tio nos contou que, na floresta por onde nosso landau tinha passado na noite anterior, um homem fora encontrado congelado e gravemente ferido, homem que, logo se revelou, era o melhor e mais fiel trabalhador que meu tio jamais tivera. Naturalmente, nada dissemos sobre nossa experiência da noite anterior, lamentamos apenas pela viúva daquele que havia perdido a vida de forma tão trágica.

Suspeita

Um francês foi preso no mal-afamado Kitzbühel alpino apenas porque uma camareira do hotel Doppeladler o acusou de, por volta da meia-noite, quando ela precisou ir ao quarto dele servir o solicitado conhaque triplo, ter tentado abusar dela, o que o francês, como relatam os jornais, negou com veemência à polícia local, alegando tratar-se da mais *baixa e vil infâmia alpina*. O francês era professor de alemão na famosa Sorbonne parisiense e hospedara-se no hotel Doppeladler para recuperar-se dos esforços despendidos na tradução do *Assim falou Zaratustra*, de Nietzsche, que se propusera a fazer e lhe demandara mais de dois anos de trabalho. Naturalmente, a mudança abrupta do clima parisiense para o de Kitzbühel não lhe fizera bem, e a consequência da apressada viagem da França para o Tirol havia sido uma gripe terrível, que o acometera logo após sua chegada, deixando-o de cama por vários dias. Como, porém, foi dado como certo que faltava ao professor francês toda e qualquer predisposição para seduzir a camareira, que dirá então para praticar alguma violência de fato contra ela, ele foi solto em poucas horas, retornando ao Doppeladler. A camareira foi escorraçada do estabelecimento e, ao descobrir sua foto no jornal, com a legenda A *infame de Kitzbühel*, afogou-se no rio Inn. Até hoje, seu corpo ainda não foi encontrado.

Troca

O pensador, de quem se diz que pensa dia e noite e que pensa até quando está dormindo, foi certo dia a Vöcklabruck e, depois de perguntar na praça principal da cidade por uma estalagem de excelente qualidade, chegou à famosíssima Auerhahn, de cuja cozinha se diz que é a mais confiável de toda a Áustria. Nem mesmo o pensador se decepcionou com a Auerhahn: comida e bebida revelaram-se, pelo contrário, tão melhores do que havia imaginado que, incapaz de se conter, ele chamou a sua mesa o dono do estabelecimento com o único propósito de louvá-lo. Então, depois de o pensador elogiar o proprietário com as palavras mais elevadas que este já ouvira em toda a sua vida, ocorreu-lhe de súbito se não seria melhor, dali por diante, dar continuidade a sua vida não mais como pensador mas como estalajadeiro, o que o motivou a, de forma abrupta, perguntar ao proprietário da Auerhahn se não desejava fazer uma troca. O pensador nem bem acabara de fazer a proposta, e já o estalajadeiro foi logo concordando. Saiu, pois, da estalagem para o mundo como se fosse o pensador, ao passo que este permaneceu na estalagem, como se fosse seu proprietário. Naturalmente, a partir desse momento deixaram de funcionar tanto o estalajadeiro como o pensador.

Trem matinal

Sentados no trem matinal, olhamos pela janela bem no momento em que passamos pelo desfiladeiro no qual, há quinze anos, despencou o grupo de escolares com que fazíamos uma excursão à catarata, e lembramo-nos de que outrora fomos salvos, ao passo que os outros pereceram para todo o sempre. A professora que, na época, pretendeu conduzir nosso grupo até a catarata se enforcou imediatamente depois de sentenciada a oito anos de prisão pelo tribunal estadual de Salzburgo. Quando o trem passa por aquele lugar, ouvimos nos gritos do grupo nossos próprios gritos.

Bela visão

No Grossglockner, depois de horas de escalada, dois catedráticos da Universidade de Göttingen unidos por laços de amizade que tinham se hospedado em Heiligenblut, detiveram-se diante do telescópio montado no topo da geleira. Embora céticos, naturalmente não conseguiram alhear-se da beleza singular da alta cadeia de montanhas, como haviam dito e repetido um ao outro logo ao chegar ao local em que o telescópio estava montado, de tal modo que um insistia com o outro para que espiasse primeiro pelo aparelho, o que o pouparia da crítica de ter corrido a observar a vista. Por fim, chegaram a um acordo, e o mais velho, mais culto e naturalmente o mais cortês dos dois foi o primeiro a olhar pelo telescópio, impressionando-se com o que viu. Quando, porém, o colega aproximou-se do aparelho, mal teve tempo de olhar e, depois de emitir um grito estridente, caiu morto no chão. O amigo sobrevivente do catedrático morto de maneira tão peculiar ainda hoje naturalmente se pergunta *o que* foi, afinal, que o colega viu pelo telescópio, já que com certeza não foi *a mesma coisa*.

Inversão

Embora eu sempre tenha odiado jardins zoológicos e na verdade achado suspeitas as pessoas que os visitam, não escapei de ir certa vez ao zoológico de Schönbrunn e, a pedido de meu acompanhante, um professor de teologia, deter-me diante da jaula dos macacos para observar aqueles aos quais ele, meu acompanhante, alimentava com a comida que, para esse fim, tinha levado no bolso. O tempo passou e o professor de teologia que me pedira que fosse com ele a Schönbrunn, um ex-colega de faculdade, já havia dado aos macacos toda a comida que trouxera consigo quando, de repente, os próprios macacos, por sua vez, puseram-se a coletar a comida que se espalhara pelo chão e, através das grades da jaula, ofereceram-na a nós. O professor de teologia e eu ficamos tão chocados com o súbito comportamento dos macacos que, no mesmo instante, demos meia-volta e partimos de Schönbrunn pela primeira saída que encontramos.

Hotel Waldhaus

Não demos sorte com o clima e, à nossa mesa, sentaram-se convidados repugnantes em todos os aspectos. Até nosso gosto por Nietzsche conseguiram estragar. Mesmo depois do acidente automobilístico fatal, quando seus corpos jaziam nos caixões na igreja de Sils, nosso ódio por eles ainda persistia.

O lenhador Haumer

Bem junto de Aurach, depois de escalarmos o Hongar e caminharmos cinco horas por seu dorso em direção a Höllengebirge e de volta para o vale, fomos visitar o lenhador Haumer, de quem não tínhamos notícia havia muito tempo. Mesmo depois de batermos na porta repetidas vezes, o Haumer não a abria, embora estivéssemos certos de que ele estava em casa. Quando já nos afastávamos, tivemos de súbito a impressão de que *agora* ele nos ouvira e iria abrir a porta, razão pela qual retornamos à casa. E, de fato, o Haumer, que conhecíamos tão bem desde a mais tenra infância, nos deixou entrar e pediu que nos acomodássemos na chamada sala de baixo. Depois de algum tempo sentados nos bancos da sala de baixo, chamou-nos enfim a atenção o fato de que o Haumer ainda não nos dissera nada. Passamos mais de uma hora em sua casa e, então, nos despedimos, sem que ele houvesse pronunciado uma só palavra. Só no dia seguinte, quando conversei com meu primo sobre esse encontro, fiquei sabendo que, fazia mais de quatro anos, o Haumer tinha perdido a audição e a fala em razão de um morteiro que ele próprio disparara para comemorar o casamento da filha, a qual contraíra matrimônio com um aprendiz de açougueiro de Nussdorf. Ao mesmo tempo, me dei conta de que passara mais de quatro anos sem visitar o Haumer, justamente a pessoa a quem devo tanto, pensei comigo.

Sério

Um cômico que havia anos ganhava a vida sendo apenas e tão somente cômico e lotava todas as salas em que se apresentava, tornou-se de repente a tão aguardada sensação para um grupo de bávaros em excursão que o descobriu no topo do penhasco sobre o chamado Pferdeschwemme, o bebedouro dos cavalos de Salzburgo. O cômico afirmou perante o grupo de excursionistas que, do jeito que estava, de calça de couro e chapéu tirolês, iria se jogar de cabeça lá de cima, ao que, então, como de hábito em se tratando dele, o grupo rompeu numa gargalhada. O cômico, no entanto, teria dito que falava sério e, de fato, se atirado do penhasco no mesmo instante.

Demais

Um pai de família, querido e famoso fazia décadas por seu dito *senso familiar extraordinário* e que, num sábado à tarde, quando por certo o tempo estava muito abafado, matou quatro de seus seis filhos, justificou-se no tribunal alegando que, de repente, os filhos haviam se tornado *demais* para ele.

Receita

Na semana passada, morreram cento e oitenta pessoas na cidade de Linz, todas elas acometidas da gripe que neste momento grassa na cidade, mas não morreram da tal gripe, e sim em consequência de uma receita mal compreendida por um farmacêutico recém-contratado. É provável que o farmacêutico tenha de responder à justiça por homicídio culposo, possivelmente, como o jornal noticia, *ainda antes do Natal*.

Ingleses decepcionados

Vários ingleses que se deixaram enganar por um guia do leste do Tirol e, em companhia dele, subiram aos Três Picos de Lavaredo, ficaram tão decepcionados com o espetáculo oferecido pela natureza quando alcançaram o mais alto dos três picos que, ali mesmo, e sem demora, surraram até a morte o tal guia, um pai de família com três filhos e, ao que consta, casado com uma mulher surda. Quando, porém, se deram conta do que haviam feito, precipitaram-se, um após o outro, no abismo. Um jornal de Birmingham noticiou na sequência que a cidade tinha perdido seu mais destacado editor e proprietário de jornal, seu mais extraordinário diretor de banco e seu melhor agente funerário.

Sucesso estrondoso

Um assim chamado *conjunto de música de câmara*, famoso por tocar música antiga somente em instrumentos de época e também por um repertório que contempla apenas Rossini, Frescobaldi, Vivaldi e Pergolesi, apresentou-se num antigo castelo à beira do lago Atter e experimentou nessa ocasião o maior sucesso de sua carreira. Os aplausos só cessaram quando, bis após bis, já não lhes restava repertório a executar. Somente no dia seguinte revelaram aos músicos que eles haviam tocado numa instituição para surdos-mudos.

Propósitos científicos

Um barbeiro subitamente enlouquecido, que, em seu salão londrino, decapitou com a navalha um duque, suposto membro da família real, e hoje vive no manicômio de Reading, o qual já foi também o antigo e famoso presídio de Reading, teria se declarado disposto a oferecer sua cabeça para propósitos científicos que em não menos de oito ou dez anos, em sua opinião, serão agraciados pela Academia sueca com o prêmio Nobel.

Sagaz e incapaz

O filósofo francês de renome internacional que durante décadas foi considerado o mais importante de seu tempo voltava de Moscou, onde estivera a convite da Academia de Ciências, para Viena, em cuja Academia de Ciências proferiria a mesma palestra feita em Moscou. Terminado o evento, fui convidado à casa de dois catedráticos e membros da Academia de Ciências de Viena que, como eu, haviam assistido à palestra do filósofo francês. Um deles caracterizou a exposição, e portanto também o filósofo francês, como sagaz, ao passo que o outro o considerou incapaz, e ambos lograram fundamentar efetiva e inequivocamente suas afirmações.

Caráter

Para o jantar, tínhamos convidado um *erudito*, como o chamam em Viena, que deveria nos familiarizar com as tendências atuais dos mundos intelectual e artístico, assunto pelo qual sempre nutrimos o maior interesse. Contudo, em vez de atender a nosso desejo de saber mais sobre filosofia, literatura e arte, o erudito, reconhecido catedrático da Universidade de Viena, valeu-se de nosso convite tão somente para nos informar do mau caráter, em sua opinião, daquele seu colega que, não fazia muito tempo, havia publicado um livro exatamente sobre o tema ao qual nosso convidado dedicara a vida toda. No dia seguinte, esse mesmo convidado esteve em casa de um amigo nosso que é amigo também daquele catedrático de quem nosso convidado falara tão mal na véspera, mas dessa vez o erudito situou o concorrente acima de tudo e de todos, no que se referia não só a seu caráter como também a sua produção científica.

O erro de Moosprugger

O professor Moosprugger contou ter ido à estação ferroviária buscar um colega a quem não conhecia pessoalmente mas apenas mediante troca de correspondência. Esperara, na verdade, encontrar outra pessoa em lugar daquela que desembarcou na estação. Quando chamei a atenção de Moosprugger para o fato de que quem chega é sempre uma pessoa diferente daquela que esperávamos encontrar, ele se levantou e foi-se embora com o único propósito de romper e abandonar todos os contatos que já estabelecera na vida.

Correio

Por anos depois da morte de nossa mãe, o correio continuou entregando as cartas endereçadas a ela. O correio não tomara conhecimento de sua morte.

Afirmação

Um homem de Augsburg foi internado no manicômio da cidade pelo simples fato de a vida toda, e à menor oportunidade, sempre ter afirmado que as últimas palavras de Goethe teriam sido "mais, não!" [*mehr nicht*] em vez de "mais luz!" [*mehr Licht*], o que, com o tempo e no final das contas, foi irritando de tal maneira todas as pessoas que travavam contato com ele que elas se reuniram para conseguir a internação do augsburguiano tão desafortunadamente obcecado naquela sua afirmação. Seis médicos teriam se negado a internar o infeliz no manicômio; o sétimo teria determinado internação imediata. Esse médico, descobri no *Frankfurter Allgemeine,* foi agraciado com a medalha de Goethe, concedida pela cidade de Frankfurt.

Comédia

Quatro atores de uma companhia de teatro tiveram a ideia de escrever uma comédia para si mesmos, depois que os textos que os escritores de comédias lhes forneciam foram se tornando cada vez mais repugnantes e aborrecidos, de tal forma que os quatro se sentaram de imediato e, naturalmente, cada um se pôs a escrever apenas sobre si mesmo, embora a intenção de todos tivesse sido *cada um escrever um papel para si* na comédia à qual, por fim, após nada menos que semanas de rigoroso estudo, não conseguiram dar outro título senão O *autor*, comédia que, então, de fato encenaram em seu teatro doze semanas depois de terem tido a ideia. Consta, no entanto, que tampouco com esse *Autor* obtiveram sucesso.

Prevenção

Um comerciante de Koblenz satisfez no ano passado o desejo da sua vida, que era visitar as pirâmides de Gizé, e, depois de visitá-las, só pôde caracterizar essa visita como a maior decepção de sua vida, o que eu compreendo, porque também estive no Egito no ano passado e me decepcionei sobretudo com as pirâmides. Se, porém, superei minha decepção muito rapidamente, o comerciante de Koblenz vingou-se da sua fazendo publicar durante meses anúncios de página inteira nos principais jornais da Alemanha, da Suíça e da Áustria, nos quais prevenia futuros visitantes do Egito contra as pirâmides e, mais especificamente, contra a pirâmide de Quéops, que o decepcionara mais profundamente do que as outras. Com esses anúncios que ele próprio chamou de anti-Egito e antipirâmides, o comerciante de Koblenz gastou toda a sua fortuna num curto espaço de tempo, mergulhando na mais completa desgraça. Naturalmente, sua campanha não produziu o efeito que ele esperava sobre o turismo egípcio, pelo contrário: o número daqueles que visitaram o Egito este ano dobrou em relação ao do ano passado.

Emigração

Depois de emigrar para a Austrália onze anos atrás e regressar a sua Steiermark natal há dois anos, meu ex-colega de escola tornou a emigrar para a Austrália faz seis meses, embora ele saiba que vai retornar a Steiermark e seguir emigrando para a Austrália e voltando a Steiermark até encontrar sossego, seja na Austrália seja em Steiermark. Já o pai dele, um padeiro do vale do Möll que foi colega de escola do meu pai, emigrou no mínimo umas vinte vezes da Caríntia para Steiermark ao longo da vida, e sempre voltou para a Caríntia, até por fim encontrar sossego ali, em Arndorf, junto de Sankt Veit an der Glan, onde, na velha oficina de ferreiro que foi sua última moradia, e de saudade de sua Steiermark, se enforcou num gancho de ferro, *sem pensar na mulher e nos filhos*, como o recriminaram na época e continuaram a recriminar durante muito tempo após sua morte.

Alheamento

Um marceneiro de Maria Saal (popular centro de peregrinação na Caríntia), o qual, por intermédio de um compositor no início muito talentoso a quem nós mesmos consideramos durante muitos anos um gênio incomparável, travou contato com a literatura e escrevia poemas e pequenas comédias, que, no entanto, segundo aqueles que tiveram nas mãos seus poemas e as pequenas comédias, eram de fato por um lado *ilegíveis* e por outro *impossíveis de encenar,* e pela simples razão de que ninguém os compreendia, afogou-se no Längsee por ocasião de seu vigésimo segundo aniversário, motivado pelo desespero com a falta de reconhecimento. O jornal, que, depois de encontrado o corpo, deu uma notinha sobre o irreconhecido, enfatizou sobretudo que se tratava de pessoa *alheia ao mundo.*

Entrega

Para salvar a vida da mulher, doente do pulmão, e seguindo conselho de nosso médico, o chamado Ofner, prestador de serviços gerais à municipalidade e anunciador de falecimentos, adquiriu juntamente com a esposa um pequeno pedaço de terra na floresta perto de nós, numa elevação livre de neblina e bafejada por bons ares onde os dois, com muitos anos de trabalho e naturalmente também com o apoio da municipalidade e da vizinhança, construíram uma casinha. Quando, porém, a casa ficou pronta, o Ofner adoeceu, porque o trabalho na construção ultrapassara suas forças, vindo a falecer pouco tempo depois. A viúva, a quem afinal se destinava a casa na beira da floresta e que, mesmo depois da morte do marido, se recuperava a olhos vistos, e não apenas do pulmão, precisou adquirir um cachorro, naturalmente porque, agora que estava sozinha, tinha medo. O cachorro latia para qualquer um que chegasse a menos de duzentos passos da casa, de tal modo que, com o tempo, ninguém mais ousava aproximar-se dali. Durante anos a mulher, sozinha com seu cachorro, aguentou viver sem ninguém, até que de repente, de um momento para outro, não suportou mais aquela situação e partiu, matando o cachorro, que a servira tão fielmente e por tantos anos, com aquela picareta com que lenham os lenhadores e entregando-se aos humanos.

De Orio

No Grasberg, o monte nas proximidades de Gmunden, encontraram um homem de setenta e cinco anos, portador de um passaporte italiano, que afirmava ser natural da localidade de Reindlmühle, logo ao pé do monte, ao que naturalmente não deram crédito os policiais, que, antes de mais nada, precisaram levá-lo à hospedaria Schachinger, em Reindlmühle, a fim de aquecê-lo, uma vez que sua temperatura estava abaixo do normal. O homem, que o passaporte dizia chamar-se De Orio, seria na verdade, conforme declaração dele próprio, um tal de Pfuster, que, em 1907, ou seja, ainda antes de completar oito anos de idade, teria partido para a Boêmia com um circo que montara sua lona em Reindlmühle e, de lá, sempre com o circo, e através da Polônia e da Romênia, para a Itália. Pouco antes da Segunda Guerra Mundial, precisamente em 1937, já com mais de trinta anos de idade, teria então retornado com o mesmo circo à Alta Áustria e à região do lago de Traun, ocasião em que o circo, aliás, tornara a montar sua lona em Reindlmühle. O homem, porém, segundo afirmou, não teria revelado sua identidade e tampouco sentira a menor vontade de permanecer ali, tendo novamente partido com o circo, dessa vez rumo à Hungria e à Macedônia. Somente agora, já perto do fim, por assim dizer, esforçara-se por retornar a Reindlmühle. Logo os policiais constataram que as informações prestadas pelo homem, que era de fato natural dali mas oficialmente italiano, estavam corretas. Ficou-se sabendo também que, durante muito tempo, as pessoas acreditaram que, quando criança, Pfuster havia caído no Aurach e fora arrastado pela correnteza.

Fotógrafos

Anos atrás, estabeleceu-se em Ebensee um fotógrafo de quem se disse desde o início que tinha passado vários anos na cadeia por ter abusado de um garoto de Ischl, de treze anos de idade. Justamente de Ebensee, onde tantos casamentos são celebrados o ano todo, esperava bom movimento e, naturalmente, no mínimo uma boa receita, mas nem uma única pessoa ali se deixou fotografar por ele, que precisou fechar seu estúdio e mudar-se para outro lugar. Consta que não havia um pingo de verdade no boato, que fora espalhado por Strössner, fotógrafo da vizinha Traunkirchen. O próprio Strössner comunica agora que o colega se suicidou, mas não se sabe de que maneira.

Schluemberger

Na Alsácia, descobrimos que um homem de Selestadt foi levado para o asilo de velhos de Colmar porque sua família afirmava ter ele oitenta anos, segundo se depreendia, aliás, de seus documentos, ao passo que o próprio homem afirmava sem parar ter apenas sessenta, o que a família não suportava mais ouvir e lhe dera a ideia de tentar interná-lo no asilo de Colmar. De fato, diz-se que o homem afirmava aquilo dia e noite e que também em outros aspectos teria transformado a vida da família *num horror*. Além disso, consta que deixara de se lavar fazia anos, só caminhava descalço e, de vez em quando, aparecia completamente nu no meio da rua, motivos suficientes, portanto, para interná-lo num manicômio, o que, contudo, a família não queria fazer. Assim foi que tiveram a ideia de mandá-lo para Colmar. A muito custo, conseguiram levá-lo para lá, mas, uma vez em Colmar, o homem fugiu das irmãs de caridade que o conduziam ao asilo e só foi reencontrado horas mais tarde. As irmãs teriam, então, conseguido convencê-lo a entrar no asilo sem oferecer resistência. No meio da noite, o homem, cujo nome seria Schluemberger, pôs fogo no asilo de velhos de Colmar, matando todos os quatrocentos e setenta e oito internos. Inclusive a si próprio.

Descoberta

Para seu filho de vinte e dois anos, um industrial turinês encomendou a um dos arquitetos mais famosos do mundo a construção de um hotel ao pé do maciço do Ortles que, uma vez concluído, foi considerado um dos mais caros e modernos não apenas da Itália, com doze andares finalizados em apenas um ano e meio de trabalho. Antes ainda de iniciada a construção, porém, foi necessário abrir uma estrada de dezenove quilômetros de extensão pela paisagem até então inteiramente inacessível, uma das mais intocadas dos Alpes, que pela primeira vez chamara a atenção do industrial de Turim, parecendo-lhe de imediato apropriada à construção de um tal hotel, por ocasião de uma excursão pelas montanhas empreendida com amigos ingleses. Cerca de mil trabalhadores teriam encontrado emprego em seu canteiro de obras. Na véspera da inauguração do hotel, porém, o filho do ambicioso turinês sofreu um acidente fatal no autódromo de Monza. Em consequência disso, as festividades nem sequer tiveram lugar. No próprio dia do enterro do filho, o desafortunado pai decidiu nunca mais pisar no hotel recém-concluído e, a partir de então, deixá-lo arruinar-se por si só. Pagou e dispensou todos os funcionários contratados para o seu funcionamento, mandou fechar a estrada que conduzia até ele e proibiu ainda o acesso a todo o vale no fim do qual se ergue o empreendimento. Em excursão pelo maciço do Ortles, provenientes de Gomagoi, topamos de súbito com o hotel, que, por essa época, três anos após o término da construção, causava já impressão terrível. Anos de tempestades haviam, fazia tempo, destruído janelas e derrubado grandes porções do telhado, e, da cozinha ainda completa, erguiam-se grandes árvores, provavelmente pinheiros.

Mimosas

A caminho de Herzeg Novi, de onde pretendia partir para várias semanas em Montenegro, uma amiga de nossa mãe fez uma parada em Cavtat, onde visitou o cemitério tornado famoso por sua localização singular, diante de Dubrovnik, e pelo mausoléu de Ivan Mestrovic. Defronte do mausoléu, conforme nos contou, ela descobriu de repente, numa lápide de mármore, o nome de seu amado Tino Pattiera, outrora um dos mais celebrados cantores da Ópera de Viena, e ocorreu-lhe então que seu cantor preferido era natural de Cavtat, que no passado também se chamara Ragusaveggia. Não sabia que Pattiera havia morrido. Em sua tristeza, desceu até a cidade, famosa também pelo esplendor de suas mimosas, e retornou ao cemitério com um buquê, a fim de depositá-lo no túmulo do cantor. Naturalmente, aquela experiência em Cavtat acabou por ensombrecer a viagem a Montenegro, de resto também bastante melancólica. Grande há de ter sido, pois, seu espanto ao, de volta a Viena, ler o anúncio que dizia que dali a alguns dias o cantor Pattiera iria cantar a *Tosca*, a ópera preferida dela. E de fato, conforme anunciado, Pattiera cantou a *Tosca*, e a amiga de nossa mãe pôde, então, na ópera lotada e com seus próprios ouvidos, se convencer da voz ainda e sempre radiante do cantor; só não tinha como saber que, em vida, Pattiera comprara um túmulo em sua Cavtat natal e já mandara gravar seu nome na lápide branca de mármore que enganara a amiga de nossa mãe, grande amante de ópera a vida inteira.

Um dançarino famoso

Em Maloja, conhecemos um ex-dançarino famoso da Ópera de Paris que, certa noite, entrou em nosso hotel numa cadeira de rodas empurrada por um jovem italiano de Castasegna, a quem o dançarino contratara por vários anos. Como ficamos sabendo pelo próprio dançarino, ele havia caído em plena estreia de um *Rafael* de Händel que Béjart coreografara exclusivamente para ele e, desde então, ficara paralítico. Contou-nos ainda que, de súbito, perdera a consciência e só a recuperara dois dias depois. Era possível, disse-nos, envolto num casaco caríssimo de pele de castor, que seu infortúnio tivesse se devido ao fato de, pela primeira vez na carreira, ele ter pensado na complexidade de certa combinação de passos, o que sempre temera fazer ao longo dos quinze anos de uma carreira que já o levara a todas as grandes casas de ópera do mundo. Enquanto dança, afirmou ele, o dançarino jamais pode pensar em sua dança: deve apenas dançar, e nada mais.

Consciência pesada

Há vinte anos, conheci no Clube dos Atores de Varsóvia, que era o melhor lugar tanto para se comer como para se conversar, a esposa de um assim chamado pintor surrealista muito conhecido na Polônia, uma das damas mais cultas do país, que, entre outras coisas, havia traduzido A *montanha mágica*, de Thomas Mann, para o polonês. Apenas no final de nossa primeira conversa, ela mencionou a situação terrível por que passava, ou seja, que o marido estava à beira da morte num hospital da cidade e que aquela era a primeira noite em um ano que saía para encontrar pessoas. Tive ainda diversas outras oportunidades de vê-la e ter com ela muitas conversas sobre as literaturas polonesa e alemã e sobre arte. Conversávamos também sobre política, é claro, e volta e meia eu lhe expressava minha admiração pelos poloneses. Dez anos mais tarde, quando voltei a Varsóvia, naturalmente fui visitá-la de imediato. Já à porta, porém, ela me recebeu dizendo que o marido estava à beira da morte, o que me fez crer que ela talvez tivesse enlouquecido. Mas, de fato, casara-se de novo fazia quase dez anos, depois da morte do primeiro marido, e agora seu segundo marido estava internado no mesmo hospital onde estivera o primeiro, e, aliás, sofrendo também da mesma enfermidade que acometera o primeiro, o que ela não me dissera de pronto. Naturalmente, logo a convidei para irmos ao Clube dos Atores, e de novo ela me disse que fazia um ano que não via ninguém e, naturalmente, que não ia ao Clube dos Atores. Agora, passados mais dez anos, quando tornei a ir a Varsóvia, não a procurei, embora tenha sentido falta dela durante todo o tempo que estive lá, assim como, naturalmente, senti também um peso na consciência.

Esquecimento

No hotel Saski de Varsóvia, onde já me hospedei diversas vezes, sempre ficaram os estrangeiros mais interessantes, razão pela qual sempre preferi o *Saski* ao *Bristol* ou ao *Europejski*, que sempre me decepcionaram. Uma noite, estava eu sentado no saguão inferior quando, já perto da meia-noite, um senhor sentou-se à minha mesa e contou-me o seguinte: havia saído do hotel duas horas antes, a fim de pegar um ônibus para Wilanow, onde, perto do palácio real, combinara encontrar um parceiro de negócios, e tomava sempre o ônibus não porque fosse mais barato mas porque detestava táxis. Os ônibus poloneses, ele logo aproveitou a ocasião para me explicar, eram os mais agradáveis do mundo, tanto fazia quantas pessoas se espremiam dentro deles, o ar em seu interior era sempre da melhor qualidade. De resto, ele amava a Polônia mais que qualquer outro país, o que eu compreendo, porque também no meu caso nenhum país europeu me é mais caro do que a Polônia. Era natural da Silésia, mas tinha passaporte canadense e, provavelmente, o hábito de se expressar ora em alemão ora em inglês, um jeito de falar que sempre achei atraente e estimulante. Naquela noite, porém, quando o estrangeiro deixou o hotel e, como era seu costume, dirigiu-se ao ponto de ônibus, de repente não sabia mais *o que* estava fazendo na rua e, por isso, retornou ao Saski. Contudo, como não mais lembrasse *por que* havia saído do hotel em direção ao ponto de ônibus, não conseguia se acalmar e tornou a sair do Saski, em volta do qual caminhou durante duas horas. Então, dez minutos atrás, lembrou de súbito que pretendia ir a Wilanow para encontrar-se com o já mencionado parceiro de negócios. Agora, porém, era tarde demais para ir até lá, motivo pelo qual decidiu voltar ao hotel, sentar-se no saguão e beber uma dose de uísque. Ainda estava bastante agitado com aquela história toda, disse ele, pedindo dois uísques, um para si, outro para mim.

Piccadilly Circus

    Um colega do meu primo que esteve há pouco em Londres contou a ele que, durante sua estada na cidade, estava em Piccadilly Circus entre dez e onze da noite quando teve a ideia de embarcar num trem do metrô, qualquer um, e viajar até a estação final, como já havia feito tantas vezes, porque, em toda a sua vida, até onde sua memória alcançava, nada jamais o encantara tanto quanto o metrô de Londres, que não se podia comparar a nenhum outro do mundo, menos ainda ao de Paris, no qual sua primeira viagem o decepcionara a ponto de ele decidir nunca mais pôr os pés naquela cidade. Tão logo chegava a Londres, porém, o tal colega do meu primo tomava qualquer trem do metrô e viajava nele até onde desse, e de fato já percorrera com tanta frequência as linhas do metrô londrino que até perdera a conta de quantas vezes tinha feito aquilo. Também no dia em questão, já fizera várias viagens de metrô, mas nem mesmo às dez da noite se fartara ainda daquilo. Então, contou o entusiasta do metrô a meu primo, quando o trem pelo qual aguardava chegou à estação e as portas automáticas se abriram, os passageiros que se apertavam contra elas caíram rijos e mortos dos vagões, assim como os demais permaneceram igualmente rijos e mortos no interior do trem, sentados ou em pé. Aterrorizado, ele, que era a única pessoa à espera na plataforma, subiu correndo de volta para Piccadilly Circus. Mas, quando comunicou aos funcionários da estação, lá em cima, o que acabara de ver, eles apenas balançaram a cabeça. Em seguida, contou, foi para Knightsbridge, a fim de se recompor. Desde então, nunca mais andou de metrô.

Aumento

No tribunal distrital de Wels, uma senhora com quarenta e oito condenações anteriores, que o juiz, logo na abertura *deste seu mais recente julgamento*, como relata o jornal local, caracterizou como *ladra anciã e bem conhecida da justiça* e cuja presente acusação se devia ao furto de um monóculo inteiramente inútil para ela, roubado havia pouco de uma falecida frequentadora da ópera, a qual já não conseguia andar fazia muitos anos, não ia mais à ópera e, por essa mesma razão, não apenas nunca mais utilizara o monóculo mas também o esquecera por completo, como se verificou ao longo do julgamento — essa senhora, pois, logrou ter sua pena de apenas três meses de prisão aumentada em mais seis meses mediante um safanão que desferiu no juiz tão logo proferida a sentença. Esperava conseguir no mínimo nove meses de prisão, porque não suportava mais viver em liberdade, alegou ela.

No Frauengraben

Na hospedaria Zur Wies, no vale do Aurach, onde com frequência nos juntamos aos lenhadores, quando queremos nos inteirar de seus problemas e também desfrutar de diversão melhor que a oferecida noutras partes, apareceu um homem pouco antes do Natal de 1953 que de cara nos chamou a atenção por seu jeito calado. Nunca o tínhamos visto por ali, mas, que só podia tratar-se de pessoa de origem camponesa, percebemos de imediato, porque, mesmo depois de sentar-se no restaurante, manteve o chapéu na cabeça. Não estava claro o que aquele homem de cerca de trinta anos queria ali; não tinha ido visitar parentes na cidade, porque, para tanto, estava malvestido, com roupas surradas e mesmo rasgadas em muitos pontos. Curiosos, nós o convidamos a sentar-se a nossa mesa e a participar de nossa conversa, ao que ele se juntou a nós, que lhe oferecemos uma cerveja. Somente bem tarde ele, então, declarou sem maiores rodeios que procurava uma esposa e nos perguntou se conhecíamos alguma mulher que lhe fosse apropriada e onde encontrá-la. Alegres como estávamos, não fizemos mais que pregar-lhe uma peça e mandá-lo, por volta da meia-noite, ao chamado Frauengraben, do qual se precipita uma torrente pequena mas capaz, por vezes, de arrastar tudo em sua correnteza e onde jamais penetra um único raio de sol.* No Frauengraben vivia uma mulher de cerca de cinquenta anos, aleijada das pernas, dos braços, de corpo inteiro na verdade, mas muito estimada por seu amor absoluto pelos animais e também por sua generosidade com as pessoas. O homem passou dez anos sem sair do Frauengraben e, passados dez anos, saiu pela primeira vez apenas para se casar com a velha aleijada na igrejinha de Reindlmühle. Depois do casamento, os dois tornaram a desaparecer por outros dez anos no Frauengraben. Diz-se que são felizes.

---

* À brincadeira explicitada na própria narrativa, acrescenta-se o significado literal do topônimo. *Frauengraben* significa, literalmente, "vala (ou fosso) das mulheres". (N. T.)

As panteras

Os domadores poloneses são conhecidos por não cometer erros. Agora, porém, veio a público um caso em que um domador polonês cometeu um erro. O domador Lutoslawsky, que já se apresentou com os circos Krone e Sarassani, depois de executar seu famoso número com as panteras em Cracóvia, sua cidade natal, convidou o prefeito da cidade, sentado na primeira fila, a executar o mesmo número, em cujo ponto alto a mais ágil das panteras saltava através de um pneu em chamas. Naturalmente, Lutoslawsky estava acostumado a ver todos aqueles a quem convidava a executar o truque suicida recusarem o convite, o que encerrava o número das panteras e dava início ao seguinte, com o asno falante. Contudo, para espanto de todos, e para horror do próprio domador, o prefeito de Cracóvia aceitou o convite, entrou na jaula das panteras, solicitou e recebeu de Lutoslawsky o chicote de domador e, enquanto Lutoslawsky assistia à cena encostado às grades da jaula, executou exatamente o mesmo número apresentado pelo domador. Ao público, pareceu inclusive que o prefeito de Cracóvia o havia executado de forma bem mais emocionante e artística do que o próprio Lutoslawsky, de tal modo que, como se diz de plateias entusiasmadas, o *cobriu de aplausos*, ao passo que vaiou Lutoslawsky. Mas, de repente, em meio a esse aplauso, as panteras, até então sentadas calmamente em seus banquinhos, precipitaram-se sobre Lutoslawsky e o dilaceraram por completo diante dos olhos do público horrorizado. Por que não se lançaram sobre o prefeito, que, poupado, conseguiu escapar ileso, é o que se perguntam os jornais poloneses.

A nota errada

Conta-se que, há duzentos anos, foi decapitado na cidade belga de Bruges um menino corista de nove anos de idade que errou uma nota ao cantar numa missa celebrada na catedral da cidade diante de toda a corte real. Com efeito, em decorrência dessa nota que o menino do coro cantara erradamente, a rainha desmaiou e, tempos depois, morreu sem jamais ter recuperado a consciência. O rei teria, no entanto, feito um voto segundo o qual, se a rainha não mais acordasse, ele mandaria decapitar não apenas o menino culpado do erro mas também todos os demais meninos coristas da cidade, assim como o organista da catedral de Bruges, o que de fato fez tão logo a rainha, sem jamais acordar, veio a falecer. Passaram-se séculos sem que uma única missa acompanhada de música tornasse a ser celebrada na cidade de Bruges.

O agricultor aposentado

Um agricultor aposentado, isto é, um ex-proprietário de terra que já transferira sua propriedade ao filho e morava sozinho fazia onze anos numa construção térrea que havia sido uma adega, foi encontrado morto pelo carteiro que fora lhe entregar a aposentadoria do mês em Breitenschützing, uma localidade da Alta Áustria que, em razão da névoa espessa que a recobre por quase todo o outono e durante o inverno inteiro, já enlouqueceu muitos de seus habitantes. O aposentado, um inválido que perdera a perna direita no Cáucaso durante a Segunda Guerra Mundial e, pela coragem diante do inimigo, recebera a Cruz de Ferro de primeira classe, precisou, para não congelar de frio — porque o filho e a nora, que viviam brigando e já tinham abandonado pai e sogro fazia meses, não mais lhe forneciam lenha —, jogar a própria perna de pau na lareira, como constatou a polícia, e, ainda assim, morreu congelado quando o fogo por fim se extinguiu. Uma denúncia foi formulada contra filho e nora.

A empregada

Aconteceu-nos semana passada de cinco vacas, uma após a outra, lançarem-se contra o trem expresso no qual precisamos retornar a Viena, que as despedaçou por completo. Depois de os condutores e mesmo o maquinista, que viera correndo com uma picareta, terem limpado os trilhos, o trem seguiu adiante, após cerca de quarenta minutos parado. Pela janela, pude ver a empregada que, aos gritos, corria em direção a uma propriedade rural em meio ao crepúsculo.

A costureira

Gruber, o adivinho de Wels, foi morto pelo transportador a quem previra que a esposa morreria ainda naquele mesmo ano. Sob o pretexto de mostrar-lhe sua nova moradia, o transportador atraiu Gruber para a construção recente em Lichtenau, onde o surrou até a morte e, sozinho, o emparedou numa, como se diz, passagem cega do porão. No tribunal, o transportador admitiu que já se decidira em março a matar o adivinho Gruber caso a mulher sobrevivesse ao Natal. Tinha combinado que o Gruber fosse visitá-lo entre o dia de Santo Estêvão e a véspera de ano-novo, a fim de brindar com ele a chegada do novo ano e poder mostrar-lhe as ideias que havia posto em prática na nova casa. Gruber é caracterizado como ingênuo; o transportador, como astuto. Breitenegger, o famoso médico-legista de Viena, foi capaz de determinar o minuto exato da morte de Gruber, mesmo depois de transcorridas oito semanas. O transportador tinha um caso com uma costureira de Leonding fazia anos.

O capote de lã

Tampouco o capote de lã arrastado pelas águas até a margem do Traun perto de Steirermühl contribuiu para esclarecer uma desgraça ocorrida há mais de dois anos e meio. O capote foi identificado sem sombra de dúvida como aquele pertencente ao trabalhador cimenteiro Irsiegler. Até hoje a família o procurava desesperadamente, porque Irsiegler era o único que sabia onde, em 1945, ou seja, no final da guerra, o pai enterrara seu tesouro em moedas de ouro pelo qual a família sempre estivera à espera mas que o próprio Irsiegler só quis desenterrar no ano-novo de 74, porque o pai o fizera prometer que não desenterraria o tesouro, de origem desconhecida, antes do ano-novo de 74. Irsiegler foi encontrado morto logo abaixo do local onde seu capote de lã apareceu na margem do rio. Deve ter passado semanas morto na água. Onde esteve o resto do tempo, ou seja, por quase dois anos e meio, não se sabe. Na época, Irsiegler foi até a hospedaria Anschütz apenas para tomar uma cerveja, e nunca mais voltou.

Fabricantes de papel

Filzmoser, o trabalhador da fábrica de papel, atirou *por engano*, como declarou no tribunal, em seu vizinho Nöstlinger, também empregado como trabalhador na fábrica de papel Steirermühl. Teria alvejado um faisão que alçara voo repentino do meio do mato na chamada floresta de Peiskam mas atingira não o faisão e sim o Nöstlinger, com quem costumava ir caçar fazia mais de vinte e cinco anos. Nöstlinger teria morrido na hora. De Nöstlinger, ele, Filzmoser, afirmou ter sido amigo a vida inteira. Testemunhas declararam no tribunal que os dois não se falavam mais desde que Nöstlinger conseguira crédito para uma ampliação de sua casa e pudera se lançar de imediato à construção. E isso porque crédito semelhante, solicitado à mesma instituição de Linz, fora negado a Filzmoser. É sabido que, na região do Traun, muitos homens obtêm sua licença de caça apenas e tão somente com propósitos assassinos.

Marco fronteiriço

De uma viagem de barco de Traunkirchen em direção a Rindbach empreendida por um casal num fim de tarde, apenas o homem voltou, quatro horas depois, e, na terça-feira, por volta das nove horas da noite, apareceu muito agitado em casa do conhecido pescador Moser, alegando que, durante uma súbita tempestade, a esposa tinha sido lançada para fora do barco, uma das poucas barcaças antigas ainda existentes no lago de Traun, e se afogara. Ele tentara de tudo para salvá-la. A esposa teria afundado subitamente. Por fim, temendo pela própria vida, dera meia-volta e, com grande dificuldade, conseguira alcançar a margem. Uma operação de resgate levada a cabo no dia seguinte não dera resultado. Três dias mais tarde, perdidas todas as esperanças, o homem mandou celebrar um culto religioso na igreja paroquial e, um ano depois, fez instalar na parede da mesma igreja que dava para o lago uma placa negra de mármore, em memória da esposa, que morrera afogada. Pouco depois, tornou a se casar. Isso foi em 1973. Dois anos depois, abaixo de Traunstein, mergulhadores encontraram um corpo no fundo do lago e, como o tempo estivesse favorável para tanto, içaram-no e o levaram para a margem, verificando-se que, em torno do pescoço, havia uma corda enrolada e, presa à corda, uma pedra, marco fronteiriço da municipalidade de Altmünster. Tratava-se do corpo da suposta afogada.

Dois irmãos

Dois irmãos seguiram na vida o curso naturalmente correspondente a suas inclinações, tomando caminhos opostos e, com o tempo, separando-se por completo. Amávamos os dois e, de fato, durante décadas observamos com cuidado suas capacidades, a filosófica e a comercial, sentindo atração e repugnância num e noutro momento por uma ou outra dessas capacidades, ora mais pela filosófica de um, ora mais pela comercial do outro. Quando já havíamos todos passado dos trinta e não podíamos mais esperar que a intimidade de nossas relações se restabelecesse, perdemos os dois de vista. Mas, por fim, ficamos sabendo da importância e da eminência de nossos amigos do passado, assim como descobrimos também que justamente essas importância e eminência acabaram por apartá-los e isolá-los com o tempo. Um passou a existir única e exclusivamente para sua filosofia, o outro, para seus negócios. Quando um deles morreu, os parentes disseram que tinha *se matado de trabalhar*. Um ano depois, quando morreu o outro, disseram que *se matara de ler*.

No momento decisivo de suas vidas, haviam se separado e cada um seguira numa direção, que só podia ser a oposta do outro, ambos caminhando coerentemente rumo à própria morte.

Natural

No enterro de um lenhador de Irresberg, com quem estivéramos apenas três dias antes na hospedaria e tanto aprendêramos sobre nosso entorno imediato e sua gente, mais que com qualquer outra pessoa, estávamos naturalmente mais pensativos do que em outras ocasiões semelhantes. Como um homem de tamanha simplicidade pudera trazer à luz tantas relações, e sobretudo relações tão mais complicadas do que aquelas que eram capazes de estabelecer outros, que não julgávamos pessoas simples mas, antes, complexas? O lenhador, que conhecíamos fazia décadas e com quem, como com todos os lenhadores da região, tínhamos uma relação amigável, quase nunca se expressara antes, ao longo de todas aquelas décadas, de maneira tão franca quanto naquela que foi para ele a última noite na hospedaria, seus relatos revelando-nos outra terra, outra gente, e a partir daí tornando-se para nós os únicos autênticos. Por várias horas, o homem explicara seu mundo, explicara *o* mundo, e, terminadas as explicações, se calara, e o fizera no momento apropriado, como acreditamos então. No caminho de casa, porém, caíra no rio

Aurach e se afogara. Escolares o encontraram. O diretor da escola fez um breve discurso à beira da cova, afirmando que ele, seu amigo, o lenhador, havia sido um ser *natural*.

Gigante

No cemitério de Elixhausen, trabalhadores encarregados de construir uma cova para um queijeiro falecido desencavaram de uma profundidade de apenas setenta e cinco centímetros o esqueleto de um homem que deve ter tido dois metros e setenta e quatro centímetros de altura, provavelmente sepultado ali cento e cinquenta anos antes. Diz-se que, até onde a memória alcança, os habitantes de Elixhausen sempre foram pessoas baixinhas.

História natural

Alguma perturbação da consciência teria motivado a ação daquele professor de história natural de Salzburgo que deu um safanão em seu aluno, segundo este sem motivo nenhum, provocando-lhe perda permanente da audição, como dizem os médicos. O pai do estudante, um empedrador qualificado que tinha planos de mandar o filho para a universidade em Viena e fazer dele um famoso arquiteto, solicitou a um conhecido seu, perito avaliador autorizado, que calculasse a soma que o filho perceberia até seu sexagésimo quinto aniversário caso tivesse seguido normalmente, como afirma o laudo do perito, e com sucesso a carreira a que o pai o destinara, demandando, então, judicialmente do professor de história natural a quantia correspondente. A soma resultante, de duzentos e trinta milhões de xelins, seria, pois, o valor mínimo a ser considerado e, consequentemente, recebido, determinou o perito contratado pelo pai do menino a quem o safanão do professor de história natural deixara surdo, menino este que, três dias atrás, despencou da conhecida garganta de Liechtenstein. O processo foi arquivado. O professor de história natural foi suspenso de suas atividades há vários meses, porque maltratar alunos é prática proibida. Teria se *esquecido* de que o castigo corporal fora abolido fazia muito tempo, alegou ao tribunal arbitral encarregado do seu caso.

Questão parlamentar

Chama a atenção que os escolares salzburguianos que cometem suicídio provenham dos chamados círculos burgueses, declarou um deputado à Câmara Estadual de Salzburgo, depois de iniciada no parlamento a discussão sobre o fato de o número de estudantes do ensino fundamental que se mataram na cidade no ano passado — ou seja, que saltaram de um de seus montes ou se afogaram no Salzach — ter dobrado em comparação com o do ano anterior. É sabido que Salzburgo possui a maior taxa mundial de suicídio entre esses estudantes. Quanto mais bela é considerada uma cidade, disse o deputado, tanto maior a taxa de suicídio entre seus estudantes, e não o contrário, como se acreditava até agora. A questão, prosseguiu ele, era como as autoridades deveriam enfrentar o problema do suicídio de escolares em Salzburgo, que teria se tornado um dos mais prementes e já era comentado com espanto no mundo todo. Depois de, na semana anterior, o filho de catorze anos de um jardineiro, funcionário da municipalidade, ter se atirado do chamado terraço Humboldt, arrebentando-se no chão, ele, um deputado socialista, se perguntava se tal acontecimento não constituiria prova de que a classe operária já ascendera à condição burguesa, tendo ingressado talvez houvesse já algum tempo, ainda que não oficialmente, nas fileiras da burguesia.

Dois bilhetes

Na grande sala de leitura da biblioteca da Universidade de Salzburgo, o bibliotecário enforcou-se no enorme lustre porque de súbito, como deixou escrito num bilhete, depois de vinte e dois anos de serviço não aguentava mais ordenar e emprestar livros que só haviam sido escritos para causar desgraça, com o que ele se referia a todos os livros já escritos. Isso lembrou-me o irmão de meu avô, que era guarda-florestal em Altentann, perto de Henndorf, e se matou com um tiro no topo do Zifanken por não poder mais suportar a infelicidade humana. Também ele deixou essa sua constatação registrada num bilhete.

Amor não correspondido

O professor de geografia Pittioni, atormentado pelos alunos enquanto lecionou no ginásio, não voltou de suas férias. Em Hüttschlag, aonde tinha ido de início apenas para estudar os escritos de Humboldt e relaxar, enforcou-se no quarto para o qual se retirara *apenas por alguns dias*. Em testamento, deixou aos alunos tudo o que possuía. Agora que tomara a única atitude possível, escreveu Pittioni, não queria que pensassem que ele os odiava. Ao contrário. Mas seu amor pelos alunos, por mais que ele houvesse se empenhado, não fora aceito. Qualquer que tivesse sido a razão para tanto, esperava que eles o perdoassem.

Excursionistas

Em Pontebba, vinte e dois anos após um deslizamento de terra que soterrou metade da cidade, desenterraram um ônibus inteiro que, no instante do deslizamento, passava lotado por ali. Os passageiros encontravam-se ainda bem conservados, como dizem os jornais, todos sentados em suas poltronas e portando em torno do pescoço uma pequena etiqueta azul em que se lia sua destinação: *Munique*. Constatou-se que, naquela época, acontecia em Munique uma exposição de ícones, um dos quais proveniente de Pontebba.

Amor verdadeiro

Um italiano, possuidor de uma *villa* em Riva, no lago de Garda, e que vive muito bem da renda que lhe provê a fortuna deixada pelo pai, viveu os últimos doze anos, escreve o *La Stampa*, na companhia de um manequim de vitrine. Em noites de temperatura amena, os habitantes de Riva relatam ter observado o italiano, que supostamente teria estudado história da arte, embarcar com seu manequim num barco de luxo, recoberto por uma cúpula de vidro e ancorado não muito longe de sua *villa*, a fim de passear pelo lago em companhia do manequim. Anos atrás, quando uma carta de um leitor dirigida ao jornal de Desenzano o caracterizou como obsceno, o italiano teria entrado com os papéis no registro civil competente para se casar com o manequim, o que, no entanto, lhe foi recusado. Também a Igreja negou-lhe a possibilidade do matrimônio com um manequim de vitrine. No inverno, lá por meados de dezembro, ele em geral parte pelo lago de Garda com sua amada, que conheceu numa vitrine parisiense, em direção à Sicília, onde sempre se hospeda no famoso hotel Timeo, em Taormina, o que faz para escapar ao frio, que, todo ano, e contrariamente ao que se costuma afirmar, também no lago de Garda se torna insuportável a partir de meados de dezembro.

Impossível

Um dramaturgo cujas peças já foram encenadas em todos os grandes palcos do mundo transformou em princípio não assistir a nenhuma dessas encenações e, durante anos de sucesso crescente, conseguiu manter-se fiel a seu princípio. Recusava terminantemente os convites dos administradores dos teatros para assistir às respectivas encenações, chegando mesmo a nem responder à maioria deles. De resto, não havia nada que detestasse mais do que administradores de teatro. Um dia, contrariando seu princípio, viajou para Düsseldorf, em cujo teatro, na época considerado um dos principais da Alemanha — o que naturalmente não significa que o teatro de Düsseldorf fosse então de fato um dos principais da Alemanha —, assistiu à montagem de seu texto mais recente, naturalmente não na noite de estreia, mas por ocasião da terceira ou quarta apresentação. Depois de ver o que os atores de Düsseldorf tinham feito com sua peça, entrou com um processo no tribunal competente da cidade, que, ainda antes de julgar a causa, mandou interná-lo no famoso manicômio de Bethel, perto de Bielefeld. O dramaturgo havia demandado judicialmente que a administração do teatro de Düsseldorf lhe restituísse sua peça, o que não significava outra coisa senão exigir de todos que houvessem de alguma maneira participado dela que devolvessem o que fosse, e por mais mínimo que fosse, que tivesse a ver com ela. Evidentemente, exigia também que os quase cinco mil espectadores que, nesse meio-tempo, haviam assistido ao espetáculo lhe devolvessem o que tinham visto.

Sentimento

Outro dramaturgo, convocado ao tribunal por um espectador ofendido, que se sentira aviltado por ele no palco do teatro de Bochum — ao qual, diante do juiz, o dramaturgo se referia sempre e somente como "manicômio de Bochum" e no qual, segundo ele, um diretor de manicômio se fazendo passar por administrador teatral mantinha não atores mas idiotas apresentando-se o ano inteiro a um público inteiramente desorientado —, declarou que seu sucesso sempre fora estrondoso apenas porque, ao contrário dos colegas malsucedidos, era honesto o bastante para apresentar suas comédias como tragédias e suas tragédias como comédias. Certa vez, ao apresentar uma tragédia como tragédia de fato, havia experimentado retumbante fracasso. Desde então, mantinha-se de novo fiel a seu princípio de apresentar comédias como tragédias e tragédias como comédias, sempre com a certeza do sucesso. Como nesse meio-tempo ele se tornara famoso a ponto de poder quase tudo, o tribunal, ao qual fora convocado pelo espectador ofendido, porque caracterizara esse mesmo espectador como tão obtuso quanto os milhões de outros espectadores no mundo todo, o absolveu. O juiz o teria absolvido, declarou o dramaturgo após o julgamento, porque ele próprio, juiz, odiava o teatro e tudo o que tinha a ver com ele mais do que qualquer outra coisa no mundo, o que ele, dramaturgo, compreendia muito bem, uma vez que compartilhava desse sentimento.

Um autor obstinado

Um autor que escreveu apenas uma peça de teatro, a qual só podia ser encenada uma única vez, e naquele que, em sua opinião, era o melhor teatro do mundo, dirigida pelo, também em sua opinião, melhor diretor do mundo e representada apenas e tão somente pelos, em sua opinião, melhores atores do mundo, acomodou-se, ainda antes de abertas as cortinas da noite de estreia, no local mais apropriado da galeria, invisível ao público, posicionou seu fuzil automático, construído especialmente para esse fim pela firma suíça Vetterli, e, abertas as cortinas, pôs-se a disparar um tiro mortal na cabeça de todo espectador que, em sua opinião, risse no momento errado. No final da apresentação, só restavam no teatro espectadores por ele alvejados, ou seja, mortos. Durante toda a encenação, os atores e o administrador do teatro não se deixaram perturbar um só instante pelo autor obstinado e pelos acontecimentos por ele provocados.

Desejo insatisfeito

Em Atzbach, uma mulher foi morta pelo marido porque, na opinião dele, escolheu o filho errado para salvar das chamas que consumiram sua casa e levar consigo para local seguro. Não salvou o menino de oito anos, para quem o marido traçara planos especiais, mas a filha, a quem ele não amava. Interrogado no tribunal da comarca de Wels sobre quais planos tinha para o filho, que morreu carbonizado no incêndio, o homem respondeu que pretendia fazer dele um anarquista e um assassino em massa de ditaduras e, portanto, um aniquilador do Estado.

Presença de espírito

Presença de espírito demonstrou um homem em Rutzenmoos que salvou uma criança de três anos de idade do ataque de um touro enlouquecido, como relata o *Linzer Tagblatt*. O homem, trabalhador cimenteiro empregado da firma Hatschek, que há décadas dá emprego a milhares de trabalhadores e fornece repetidos exemplos de preocupação social por toda a região, construindo creches e hospitais e contribuindo com doações para asilos e manicômios, teria distraído o touro com uma malha vermelha berrante de tricô, afastando-o da criança. Assim, o garoto conseguiu levantar-se e fugir, enquanto o touro investia contra o homem, atingindo-o, porém, de tal maneira que, dias depois, ele veio a falecer no hospital para emergências de Vöcklabruck, também este mantido pela firma Hatschek. O *Linzer Tagblatt* faz menção à feliz coincidência representada pelo fato de o trabalhador cimenteiro de Rutzenmoos estar vestindo a malha de tricô vermelha que a esposa lhe fizera como presente de Natal precisamente no momento em que o touro investiu contra a criança, o que lhe permitiu usá-la para *dis*trair do menino e *a*trair para si a atenção do animal. Ao enterro do trabalhador cimenteiro compareceram centenas de colegas e, como é natural nessas ocasiões, também toda a direção da firma Hatschek. Isso sem falar na população em geral, que sempre comparece de bom grado a tais enterros, porque, na qualidade de atrações recorrentes, eles substituem o teatro inexistente na região. O *Linzer Tagblatt* publica hoje a foto do menino de Rutzenmoos, a foto do homem que o salvou, também de Rutzenmoos, a foto da esposa do salvador do garoto, a foto da malha vermelha de tricô que ela tricotou para o marido como presente de Natal, a foto do cenário em que tudo ocorreu e a foto do touro cuja atenção o trabalhador cimenteiro de Rutzenmoos *dis*traiu do garoto de Rutzenmoos e *a*traiu para si, isto é, para ele, trabalhador cimenteiro de Rutzenmoos. O touro maldoso, relata o *Linzer Tagblatt*, foi sacrificado.

Ganho adicional

Para nosso horror, justamente aquele nosso vizinho que, durante décadas, mostrou-se o mais afável, trabalhador e, como sempre acreditamos, o mais satisfeito de todos, tornou-se um assassino. O homem, capataz de uma fundição de zinco com sede em Vorchdorf, que saía de casa todo dia às seis horas da manhã para ir para o trabalho em Vorchdorf, de onde voltava às seis horas da tarde para passar a noite com a mulher e os dois filhos, e a quem até o corpo de bombeiros, ao qual ele naturalmente pertencia desde os dez anos de idade, sempre cobrira dos mais altos louvores, assim como o padre, que com bastante frequência podia contar com ele para consertos naturalmente gratuitos na igreja — esse homem, pois, há poucos dias matou uma dita magnetista domiciliada nas proximidades de Vorchdorf, conhecida e popular em toda a região, e matou-a porque ela o flagrou invadindo o cômodo da casa situada na rua principal onde o homem supunha estar o dinheiro que a magnetista e, portanto, curandeira ganhou de sua clientela e acumulou ao longo dos anos. À polícia, nosso vizinho alegou que, como ganhava muito pouco na fundição de zinco, pretendera conseguir algum ganho adicional.

Silo

No final da guerra, soldados alemães encontraram abrigo num silo abandonado de cimento junto de Steinbach am Ziehberg. Antes, porém, da chegada dos americanos, os alemães se retiraram do silo e o trancaram pelo lado de fora. Poucos dias atrás, quando, com o auxílio de uma dita marreta de pedra, o proprietário das terras foi abrir a porta a essa altura já completamente enferrujada, porque é sua intenção demolir o silo abandonado há tanto tempo e construir ali uma instalação para a ceva de porcos, ele fez uma descoberta aterradora. No silo, logo atrás da porta, jaziam dois corpos humanos putrefatos, trajando ainda calças do exército alemão e as chamadas camisas da Wehrmacht. O camponês constatou que só podia se tratar de camaradas daqueles soldados alemães que haviam se abrigado no silo no final da guerra e, depois, desapareceram da noite para o dia. As autoridades tentaram de imediato contatar os parentes dos dois soldados encontrados mortos no silo. Mesmo depois de trinta e dois anos, os documentos de ambos estavam tão bem conservados que decifrá-los não ofereceu a menor dificuldade. Um deles fora tenente; o outro, cabo. Os dois eram de Nackenheim am Rhein. A questão agora é se cabe ou não tentar localizar seus camaradas, que talvez ainda estejam vivos. As pessoas se perguntam se os dois teriam sido abandonados de propósito ou não no silo trancado. Não se pode excluir a possibilidade de um crime ter sido cometido, creem elas.

Famosos

Logo depois de precisar interromper uma operação em si de pouca dificuldade e que, portanto, não oferecia perigo nenhum, porque de súbito perdera o controle sobre os nervos, tendo de deixar o restante do procedimento a cargo de seu assistente, o famoso cirurgião e catedrático não foi honesto o bastante, vale dizer, não teve suficiente firmeza de caráter para admitir em público, e diante da paciente que voltava a si, o que de fato acontecera, preferindo deixar-se cumprimentar por ela pela operação bem-sucedida. Isso sem falar nos presentes de excessivo valor que, sem cerimônia alguma, aceitou da paciente, entre outros um relógio dourado de bolso que teria pertencido a Napoleão I. Não sabemos quantos cirurgiões famosos perdem o controle sobre os nervos a cada dia, interrompendo operações e deixando que assistentes as finalizem para, depois, receberem eles próprios os cumprimentos e os presentes, mas seu número há de ser tão grande quanto aquele dos cirurgiões famosos em atividade. Também a porcentagem de assistentes que jamais se podem permitir perder o controle sobre os próprios nervos é igualmente grande.

Sempre preferimos ser operados pelos assistentes dos cirurgiões famosos — cirurgiões que, aliás, são também invariavelmente famosos catedráticos das escolas de medicina — a ser operados por esses mesmos cirurgiões e catedráticos. E sempre saímos dessas operações passando muito bem e com vida.

Sem alma

Enquanto os médicos nos hospitais continuarem se interessando apenas pelo corpo e não pela alma, da qual parecem não saber coisa nenhuma, seremos obrigados a caracterizar os hospitais como instituições não só de direito público mas de extermínio público também, e os médicos, como assassinos e cúmplices. Conforme ele próprio relata em carta à revista de medicina *O médico*, depois de submetido a exame físico completo, um assim chamado erudito de Ottnang am Hausruck, internado no hospital de Vöcklabruck em virtude de uma dita *singularidade*, perguntou ao médico: *E a alma?* Ao que o médico que lhe examinara o corpo respondeu: *Fique quieto!*

O príncipe

Uma princesa Radziwil, com quem saí muitas noites para passear à beira do Vístula, perto de Varsóvia, contou-me sobre um tio que, por ocasião do quinquagésimo aniversário, retirou-se para seu castelo nas proximidades de Radom por, ao completar vinte e um anos, ter jurado que assim faria. Amigos, acreditando que, passados trinta anos, ele não mais se lembraria do juramento ou que fosse simplesmente ignorá-lo, ficaram muito espantados por, já no dia seguinte ao do aniversário de cinquenta anos, ele haver pernoitado em Radom e jurado nunca mais sair de lá. Como, porém, ao que tudo indica, o transcurso do tempo até sua morte em Radom estendia-se demasiadamente, ele se matou com um tiro no dia de seu quinquagésimo primeiro aniversário. Quando perguntei à princesa por que seu tio havia agido da maneira como ela me relatara, ela respondeu que ele um dia lhe dissera ser da opinião de que precisar viver cinquenta anos neste mundo, sem, em última instância, ter sido consultado, era mais que suficiente para um ser pensante. Quem seguia vivendo além disso demonstrava deficiência ou da *mente* ou do *caráter*.

O príncipe Potocki

Conta-se que, certo dia, um príncipe Potocki, sobrinho do famoso Potocki que escreveu *O manuscrito encontrado em Saragoça* e, com essa obra, entrou para sempre na história da literatura mundial, fechou todas as venezianas de sua propriedade perto de Kazimierz, uma após a outra e de cima para baixo, e, depois de certificar-se ainda uma vez de que todas as venezianas de seu castelo estavam de fato fechadas, meteu uma bala na cabeça diante do *Fausto*, de Goethe, aberto naquela passagem em que termina o passeio de Páscoa. Antes de suicidar-se, o príncipe teria feito um grosso traço vermelho debaixo do passeio de Páscoa e, mais abaixo, desenhara um ponto de interrogação. Em seu testamento, determinou que as venezianas, que, como registrara expressamente nesse mesmo testamento, havia fechado por trinta anos, só fossem reabertas trinta anos após sua morte. A família Potocki atendeu a esse seu desejo. Imediatamente depois de reabrirem as venezianas, os Potocki venderam o castelo perto de Kazimierz.

Lec

O satírico Lec, de quem fui amigo até sua morte, em cuja casa me hospedei diversas vezes e que costumava escrever suas frases satírico-filosóficas naqueles que chamava os livros de culinária de sua esposa, sempre afirmava, toda vez que passávamos por um trecho da chamada Nowy Swiat de cerca de cem metros de comprimento por trinta de largura — e, quando em Varsóvia, eu passava com ele pelo menos uma vez por dia na Nowy Swiat —, que debaixo daquela superfície estariam enterrados os mais perigosos opositores do regime atual e que ele próprio havia sido testemunha de como os poderosos de hoje matavam seus opositores e os enterravam ali. Sempre que perguntei a outras pessoas o que tinham a dizer sobre aquela afirmação de Lec, deparei com movimentos negativos da cabeça e fiquei sem resposta. Mas Lec sempre falava a verdade.

A tumba do rei

Em Cracóvia, onde, como é sabido, impera o chamado comunismo desde a chamada Segunda Guerra Mundial, sempre que fazia uma visita à chamada tumba do rei na colina de Wawel, um homem ouvia o hino real, proveniente do sarcófago do último rei polonês. Sem pensar nas consequências, ele relatou na cidade essa experiência que se repetia a cada vez que entrava na tumba do rei, e naturalmente não a relatou de imediato, mas depois de algum tempo, quando já havia passado pela mesma experiência cerca de uma centena de vezes. Cada vez mais cracovianos, logo centenas, milhares deles, passaram, então, a subir em peregrinação até a tumba do rei e, portanto, à colina de Wawel, a fim de, como o homem, ouvir o hino do rei que soava dentro do sarcófago, e, de fato, tal como o homem, em pouco tempo centenas, milhares já o tinham ouvido quando a polícia de Cracóvia deteve o tal homem e o jogou na cadeia. Aos cracovianos, tornou-se proibido por lei subir à Wawel, a tumba do rei foi fechada. Durante anos a polícia submeteu a exame rigoroso todo mundo que ia à colina. Agora, a tumba do rei na colina de Wawel já foi reaberta há muito tempo e ninguém mais se lembra do assunto.

Contradição

Numa recepção oferecida pelo embaixador alemão em Lisboa, o ex-rei italiano Umberto, em conversa mais longa com o dirigente comunista Cunhal, fez a este último repetidos elogios, assim como, inversamente, Cunhal não cessou de brindar o ex-rei com delicadezas de toda sorte, como abrir-lhe a porta ou puxar-lhe uma cadeira. Foi como se a noite toda eu houvesse testemunhado uma conversa sempre muito amigável, na qual o antigo monarca não se cansava de louvar a revolução mundial, e o dirigente comunista, as conquistas da monarquia. Por fim, Umberto convidou Cunhal a visitá-lo em Sintra, a mais agradável e, na verdade, também a mais bela das cidades portuguesas, e Cunhal aceitou o convite. No meio da noite, em meu caminho de volta por Lisboa, o clamor das massas em fúria ressoava como uma perversa contradição política.

Fertilidade

Em Portugal, os cachorros que morrem ou são mortos não são enterrados como aqui: eles se decompõem e murcham ao ar livre. No Alentejo, por exemplo, se e quando são arrastados do meio da rua, eles jazem à esquerda e à direita com as patas estiradas e o rabo rijo. Encontramos camponeses astutos, que jogam os cachorros mortos debaixo de suas laranjeiras, e destas passam sempre a colher o dobro das laranjas produzidas pelas outras.

Conformado

Na Universidade de Coimbra, a mais antiga de Portugal, na qual fui convidado a proferir uma palestra, um professor de história do direito com quem, depois da palestra, fui jantar numa pequena taverna contou-me que, no dia da chamada *Primeira Revolução*, todos os seus colegas de departamento foram enforcados no chamado gabinete de história natural da universidade, por terem se recusado a declarar solidariedade aos revolucionários de então. Dois anos mais tarde, no dia da chamada *Segunda Revolução*, e no mesmo gabinete de história natural, foram enforcados aqueles que, dois anos antes, haviam enforcado os colegas. Quando perguntei como era que ele próprio ainda estava vivo, respondeu-me que tinha *previsto num sonho* tudo o que acabara de me contar e que, de fato, era a mais pura verdade. Sabia que o sonho que tivera um ano antes dos fatos em si se tornaria realidade e, assim, aceitara o convite para uma estada de quatro anos na Universidade de Oxford, na Inglaterra, intermediado por um amigo que lecionava lá havia muitos anos. Naturalmente, afligia-o o fato de ainda estar vivo e ter voltado a lecionar na Universidade de Coimbra, mas conformara-se fazia tempo com aquela aflição ininterrupta.

Decisão

Segundo cuidadosas estimativas, duas mil e quinhentas pessoas perderam a vida no último terremoto que assolou Bucareste, mas cálculos exatos revelaram que cerca de quatro mil pessoas morreram sob os escombros. No mínimo quinhentas pessoas a menos teriam morrido se a cidade tivesse agido contrariamente às ordens expressas do funcionário da administração municipal encarregado do assunto — que determinou que os escombros de um hotel completamente destruído fossem aplanados em vez de removidos — e houvesse, portanto, removido os escombros. Uma semana após o terremoto, pessoas ainda ouviam os gritos de centenas de soterrados, provenientes daqueles mesmos escombros. O funcionário da administração municipal, no entanto, mandou isolar a área em torno do hotel, até que lhe informassem que nada mais se movia ali e que mais nenhum som provinha dos destroços. Somente duas semanas e meia depois do terremoto foi permitido aos habitantes de Bucareste examinar a montanha de escombros, que na terceira semana foi aplanada por completo. O funcionário teria deixado de salvar, por uma questão de custos, os cerca de quinhentos hóspedes soterrados do hotel destruído. O resgate teria custado mil vezes mais que o aplanamento, e isso sem levar em conta que teriam sido retirados dali provavelmente centenas de feridos graves, os quais o Estado precisaria manter por toda a vida. Naturalmente, consta que o funcionário teria se certificado também da concordância do regime romeno. Sua promoção a posto mais alto no governo, diz-se, seria agora iminente.

Serviço público

No golfo Pérsico, travamos conhecimento com um bibliotecário alemão que, por razões políticas, como ele próprio afirmou, o governo da Alemanha transferira da biblioteca da Universidade de Marburg an der Lahn para uma cidade no já mencionado golfo Pérsico. Soubemos da existência do bibliotecário em Shiraz, onde moramos durante várias semanas com o propósito de estudar os hábitos dessa antiquíssima cidade persa, e, depois de termos ido visitá-lo num hospital local, ficamos chocados com seu estado. O homem estava quase totalmente paralisado e mal conseguia se fazer entender. Tinha escrito um artigo contra a ordem jurídica alemã numa publicação científica de Frankfurt, e essa teria sido a razão pela qual o haviam transferido para o golfo Pérsico. De início, ele se conformara com a situação, porque o golfo Pérsico lhe interessava e porque acreditara que ali poderia dedicar-se a seus estudos. Mas o clima no golfo Pérsico, que seria na verdade um clima letal, o destruíra e, em última instância, aniquilara em pouquíssimo tempo. Acreditava que seu grande erro fora ter ingressado no chamado serviço público, o que significara para ele nada menos que sua destruição sistemática — primeiro, a destruição intelectual e, por fim, também a destruição física. Quem entra para o serviço público, disse-nos ele, por qualquer razão que seja e em que cargo for, é destruído e aniquilado. Dirigira centenas de petições ao governo alemão a fim de que o retirasse do inferno do golfo Pérsico, para repetir a expressão que usou, mas todas essas petições teriam permanecido sem resposta. O Estado a que pretendera servir mas que uma única vez se permitira criticar o havia deliberadamente enviado para a morte. Não pudemos ajudar o bibliotecário. Quatro dias após nossa visita, soubemos de sua morte. Três semanas mais tarde, como nós mesmos pudemos constatar, o governo alemão publicou no *Frankfurter Allgemeine* uma nota de falecimento, na qual lamentava a morte do bibliotecário. O serviço público aniquila todo aquele que nele ingressa. No Estado, pouco importa a que senhor se pretenda servir: será sempre o senhor errado.

Recuo

No Cairo, no final de uma recepção dada por um conselheiro da embaixada francesa por ocasião do aniversário de sua esposa, a que compareceu cerca de uma centena de convidados que passaram a noite toda conversando sobre as *Flores do mal*, de Baudelaire, obra que o anfitrião se empenhara durante anos em traduzir para a língua egípcia, amontoou-se tanta gente diante da porta do elevador do sexto andar, onde o conselheiro morava, que nós, que tínhamos tempo, recuamos. Quando a porta se fechou, o elevador despencou de súbito pelo poço, espatifando-se lá embaixo, para horror dos que não haviam embarcado. Estes ficaram vários segundos sem conseguir se mexer, permaneceram ali, inteiramente mudos em meio ao silêncio total que se seguiu à explosão provocada pelo impacto do elevador no térreo. Somente quando os primeiros gritos se fizeram ouvir ousaram eles libertar-se de sua paralisia, mas não foram capazes de fazer nada de sensato. Como não queriam descer naquele momento, voltaram todos para o apartamento do conselheiro da embaixada. Também nós voltamos para o apartamento do conselheiro, porque, assim como os outros, não fomos capazes de descer. Apenas três horas depois do ocorrido, quando nos disseram que os corpos dos mortos no elevador haviam sido removidos, deixamos o apartamento, juntamente com os demais. Até hoje, naturalmente, perguntamo-nos por que não nos espremos naquele elevador mas, em vez disso, recuamos. No Cairo, ouvimos dizer, são muitos os elevadores velhos e com excesso de carga que costumam despencar a cada ano.

Imaginação

Perto do bairro copta no Cairo, chamaram-nos a atenção trechos inteiros de ruas em cujas edificações de quatro ou cinco andares eram mantidos milhares de galinhas, cabras e mesmo porcos. Tentamos imaginar a barulheira que fariam caso aquelas edificações pegassem fogo.

Expedição

No começo do século, o marido da irmã do meu avô, um pintor que não obteve sucesso na Europa e, pela via do casamento, teve acesso a bom dinheiro graças ao trabalho árduo do meu bisavô, partiu para a Argentina naquilo que, na época, afirmou ser uma expedição científica, tendo feito uma parada numa cidade costeira cujo nome desconheço. Estimara em quatro meses a duração da expedição e, portanto, de sua estada na América do Sul, onde, conta-se, pretendia se dedicar às ciências naturais, ou seja, a um tema de que trataram, sem exceção, todos os nossos ancestrais, alguns dos quais tendo ganhado notoriedade mediante artigos publicados sobre esse mesmo tema. Decorridos os quatro meses, minha tia-avó nunca mais teve notícia do marido, que, até então, escrevera para a Europa de tempos em tempos. Um dia, ela recebeu pelo correio a carteira do marido e uma nota que dizia que, na tal cidade costeira cujo nome desconheço, ele montara num cavalo, partira e nunca mais voltara. Como, segundo testemunhas oculares, caía uma tempestade terrível no momento de sua partida, presumiu-se que ele teria morrido na tempestade. Tampouco do cavalo jamais se encontrou pista nenhuma. A irmã do meu avô teve, portanto, de se conformar com a morte do marido, natural de Eger, e de se haver sozinha com uma filha de doze anos que ele deixara. Sessenta e dois anos depois de o marido partir em sua cavalgada pela América do Sul, desaparecer e, como ela acreditara piamente, morrer, minha tia-avó *descobriu* no *Le Monde*, que lia diariamente fazia quarenta anos, que o marido na verdade só havia morrido sessenta e um anos depois de as autoridades austríacas o terem declarado morto, e que morrera no Rio de Janeiro, solteiro mas cercado de mulheres a servi-lo, e como pintor mundialmente famoso, que dera novo impulso à pintura e, assim escreveu o *Le Monde*, às artes sul-americanas como um todo, granjeando-lhes reconhecimento internacional, o que fizera, aliás, com o mesmo nome sob o qual tinha vivido na Europa, ao qual acrescentara apenas um *o* final. De imediato, a viúva, a essa altura já muito velha mas não a ponto de não poder ler o *Le Monde*, e também a filha cogitaram de reclamar na justiça a, como fora divulgado, *gigantesca fortuna* deixada por, respectivamente, marido e pai.

Legado

Para esse mesmo pintor a que acabo de me referir, meu bisavô mandou construir um grande ateliê perto de Henndorf, magnificamente aparelhado para a época e no local exato que o próprio pintor escolhera para tanto, uma elevação às margens do Wallersee, onde imperam as mais propícias condições de iluminação para um pintor. Meus parentes viviam dizendo que, somente com o dinheiro que o ateliê havia custado, eles teriam podido comprar e modernizar diversas propriedades rurais. Pouco depois de pronto, porém, aquele para quem o ateliê fora construído partiu, como já relatei, para a América do Sul, desapareceu e foi declarado morto, de tal maneira que a construção perdeu sua destinação original. Como me diziam com frequência, o ateliê sempre foi motivo de admiração absoluta, até porque constituía atração numa região camponesa tão pobre de cultura, mas acabou à mercê da mais completa ruína. Conta-se que, por muito tempo, os quadros do pintor que, sabe-se lá por que motivo, emigrara para a América do Sul — telas gigantescas, em que ele só pintava a obstinada imagem que fazia de Jesus

Cristo — encontraram uso entre os camponeses da região, todos eles de alguma forma aparentados a nós, como cobertura para as carroças, utilização para a qual, pode-se bem imaginar, se adequavam à perfeição. Evidentemente, essas telas empregadas como cobertura pelos camponeses eram afixadas às carroças sempre com a imagem de Cristo voltada para *dentro*.

Sósia

Um homem de Trebínie, parecido com o presidente iugoslavo a ponto de poder de fato ser confundido com ele, pôs-se à disposição do gabinete da presidência em Belgrado para cumprir tarefas particularmente extenuantes em nome do presidente da Iugoslávia, não sem indicar uma lista precisa daquelas tarefas que, como acreditava, poderia desempenhar sem dificuldade em lugar do presidente e para as quais o próprio estado físico do atual presidente já lhe parecia demasiado frágil. Para ele, seria uma honra poder assumir em lugar do presidente da assim chamada República Popular da Iugoslávia compromissos que o presidente não precisava necessariamente cumprir em pessoa, e não pedia nada em troca dos serviços oferecidos. Como, depois de fazer sua oferta a Belgrado três anos atrás, o homem desapareceu, muita gente acha, não apenas em Trebínie e região mas a esta altura em toda a Iugoslávia, que ele vem cumprindo há anos a função a que se propôs na capital iugoslava. Aqueles que externam essa suspeita são chamados de caluniadores. Os que acreditam que o homem foi jogado na prisão, num manicômio ou que teria sido liquidado faz tempo, são igualmente chamados de caluniadores. Por conseguinte, todos os iugoslavos são caluniadores.

Sorte

Quando os poderosos em seus Estados se tornam poderosos demais e, em razão da longa duração de seu poder, dissipam nesse seu Estado a totalidade não apenas da riqueza nacional mas também da riqueza intelectual da nação, muita gente, em muitos Estados, ainda se espanta de, aqui ou ali, da noite para o dia, e naturalmente com bastante frequência, poderosos serem assassinados da forma mais cruel, passando a reinar então a anarquia. Podemos dizer que é uma sorte, disse-me um professor natural de um Estado do qual conseguira fugir e cujo presidente foi morto semana passada. Ao retornar, porém, a seu país, o professor foi detido já na fronteira e trancafiado numa cela, embora nesse meio-tempo um novo presidente, ferrenho adversário do presidente assassinado, tenha assumido o poder.

História nacional

O presidente de um Estado da Europa Central, onde hoje presidentes temem pela própria vida a todo instante e com razão, revelou a seu confidente um plano que elaborara ao longo de centenas de noites insones e que permitiria a ele, presidente, da noite para o dia e apoderando-se de enorme fortuna em dinheiro, abandonar seu próprio Estado — o qual, como todos os demais presidentes da Europa Central fizeram com os seus, ele naturalmente e com total coerência conduzira à mais absoluta ruína —, certo de poder gozar o restante da vida, por mais longa, segura e luxuosa que viesse a ser, em qualquer país estrangeiro que lhe parecesse ideal para tanto. Pretendia, confidenciou, pôr o plano em prática o mais rápido possível, mas era necessário que o confidente guardasse segredo absoluto a esse respeito. O confidente, que gozava fazia décadas da confiança do presidente, prometeu guardar segredo, ao que o presidente, por sua vez, prometeu-lhe fortuna capaz de possibilitar também a ele, confidente, assim como ao próprio presidente, após fuga bem-sucedida, uma vida dali em diante despreocupada e verdadeiramente luxuosa até o fim. Não fazia nem bem dois minutos que o presidente e seu confidente haviam se acertado, e já o confidente resolveu simplificar as coisas, matando o presidente com um tiro na nuca disparado com perícia e proclamando-se o novo presidente. De imediato, liquidou também todos os seguidores de seu predecessor e modelo, e transformou em seu próprio confidente aquele que mais seguidores de seu predecessor e modelo lograra assassinar. Como agora já conhecesse o padrão básico da história nacional, naturalmente se pôs apenas a aguardar pela oportunidade mais propícia para se livrar do próprio confidente, antes que este o liquidasse. Contudo, demorou demais a agir.

Coerência

No final de uma discussão filosófica que durante décadas atormentou dois catedráticos de Graz e conduziu não apenas os dois mas também suas famílias à ruína, discussão que, como teriam dito certo dia com sagacidade a um terceiro colega, não levava a nada, assim como de resto toda discussão filosófica, e que, por fim, teria ainda naturalmente levado à ruína e mesmo à loucura aquele terceiro colega, que, com o tempo, acabaram atraindo para sua discussão, os dois catedráticos de Graz, depois de, já por hábito, por assim dizer, terem convidado o terceiro colega e antagonista à casa que tinham alugado juntos apenas e tão somente para travar ali sua discussão filosófica, mandaram a referida casa pelos ares. Na necessária dinamite, haviam gastado o pouco dinheiro que lhes sobrara. Como, no momento da explosão, também as famílias dos três catedráticos estavam presentes na casa, eles mandaram também suas famílias pelos ares. Os parentes restantes de um dos três catedráticos e antagonistas, para os quais a discussão filosófica de décadas dos três se revelara mortal, como de resto os próprios catedráticos haviam demonstrado, cogitaram primeiramente de entrar com uma ação contra o Estado, porque eram da opinião de que a falência moral e intelectual do próprio Estado os levara à morte, mas, depois, desistiram de fazê-lo, porque se deram conta da absurdidade de uma tal ação.

Perto de Sulden

Perto de Sulden, numa hospedaria afastada para a qual anos atrás me retirei por várias semanas a fim de ver tão pouca gente quanto possível e restringir meus contatos ao mínimo dos mínimos, propósito a que a região em torno de Sulden se presta como nenhuma outra e cujo isolamento, que eu já conhecia de antes, procurei também e sobretudo em razão de meu pulmão doente, o único hóspede além de mim, um senhor Natter, de Innsbruck, que dizia já ter sido reitor da Universidade de Innsbruck mas ter sido removido do cargo e até mesmo jogado na prisão por calúnia embora logo se tenha revelado sua inocência, contava-me todo dia o que havia sonhado na noite anterior. Entre outras coisas, sonhara ter percorrido centenas de repartições tirolesas em busca de permissão para reabrir o túmulo do pai, permissão que, no entanto, lhe fora negada, ao que ele, então, intentou reabrir o túmulo do pai por conta própria, o que por fim, depois de horas de extenuante escavação, conseguiu fazer. Queria, disse-me, ver seu pai de novo. Mas, quando abriu o caixão, efetivamente levantando a tampa, não era o pai que jazia ali, e sim um porco morto. Como sempre, também nesse caso o Natter queria saber o que seu sonho significava.

Perast

Em Perast, dirigimo-nos a diversas pessoas, porque, não tendo lido nada a este respeito, queríamos saber delas a quem tinham pertencido os casarões e as demais construções abandonadas e já quase em completa ruína. Aqueles a quem nos dirigimos, porém, apenas riram de nossas perguntas, deram meia-volta e se foram. Poucos quilômetros adiante, em Risan, ouvimos dizer que, em Perast, não havia mais nenhuma pessoa normal, a cidade inteira teria sido abandonada a boa quantidade de malucos que podiam fazer o que bem entendessem e os quais o Estado provia de víveres apenas uma vez por semana.

Loucura

Em Lend, foi suspenso um carteiro que, durante anos, em vez de entregar cartas que suspeitasse portadoras de notícias ruins, e naturalmente de anúncios fúnebres também, as levava para casa e queimava. O correio, por fim, mandou interná-lo no manicômio de Scherrnberg, por onde ele circula em uniforme de carteiro e entrega sem parar aos demais pacientes as cartas a eles endereçadas que a administração do manicômio joga numa caixa de correio afixada para essa finalidade num dos muros da instituição. Conta-se que, assim que foi internado no manicômio de Scherrnberg, o carteiro solicitou seu uniforme, *para não ter de enlouquecer.*

Cuidado

Um funcionário do correio acusado de ter assassinado uma mulher grávida declarou no tribunal não saber por que havia matado a grávida, mas que havia matado sua vítima *tão cuidadosamente quanto possível*. A toda pergunta do juiz, ele sempre respondia com a palavra *cuidadosamente*, motivo pelo qual o processo contra ele foi arquivado.

Em Roma

A poeta mais inteligente e importante que nosso país produziu neste século morreu num hospital romano em consequência das escaldaduras e queimaduras que teria sofrido em sua própria banheira, segundo constataram as autoridades. Fiz viagens com ela e, nessas viagens, compartilhei de muitas de suas opiniões filosóficas, assim como de suas opiniões sobre o curso do mundo e o caminhar da história, um caminhar que sempre a amedrontou, a vida inteira. As muitas tentativas da parte dela de retornar a sua Áustria natal fracassaram repetidas vezes em razão da desfaçatez de suas rivais e da inanidade das autoridades vienenses. A notícia de sua morte lembrou-me que ela foi a primeira hóspede em minha casa ainda totalmente vazia. Estava constantemente em fuga e sempre viu nos seres humanos o que são na realidade: a massa obtusa, inane, inescrupulosa, com a qual só resta de fato romper. Como eu, ela encontrou muito cedo a entrada para o inferno e nele penetrou sob pena de, nesse inferno, perecer cedo demais. As pessoas especulam se sua morte foi acidente ou, na verdade, suicídio. Os que acreditam que a poeta se suicidou vivem dizendo que ela sucumbiu a si própria, ao passo que, na verdade, ela naturalmente sucumbiu apenas a seu entorno e, no fundo, à vileza de seu país natal, pelo qual até no exterior foi perseguida por toda parte, como tantos.

Renúncia

Nos últimos meses, três ex-colegas meus se mataram, amigos que estudaram comigo e que, com suas artes, me acompanharam quase a vida inteira, tendo mesmo, na verdade, possibilitado minha própria existência. Agora, sinto de repente um vazio à minha volta. O músico se matou (com um tiro) porque as pessoas já não tinham ouvidos para sua arte. O pintor se matou (enforcou-se) porque as pessoas não tinham olhos para sua arte. O pesquisador das ciências naturais, com quem frequentei inclusive a escola primária, se matou (envenenou-se) porque, na sua opinião, as pessoas não tinham cabeça para sua ciência. Os três precisaram renunciar à vida desesperados com o fato de o mundo já não possuir os sentidos e a capacidade para acolher suas artes e ciências.

Como Robert Schumann

    Um médico de Wels com quem no passado frequentei a escola primária e cujas capacidades intelectuais e artísticas foram sendo cada vez mais alijadas pela medicina, profissão em que mergulhou como numa total especulação sobre o corpo humano, alegou como motivo para o suicídio do irmão o fato de esse irmão ter sofrido a vida inteira por haver encontrado uma musicista e pianista de concerto altamente talentosa, segundo o médico, que, pouco a pouco, foi *re*primindo e *su*primindo com seus talentos os talentos supostamente extraordinários dele, o que me lembra o genial e infeliz Robert Schumann.

Veneração

Nossa veneração por certo escritor, de quem a vida toda não ousamos nos aproximar, sem dúvida atingiu seu ápice quando, um dia, hospedados no mesmo hotel em que o escritor venerado morava fazia algum tempo, fomos, por intermédio de um amigo, apresentados ao objeto de nossa admiração no terraço do hotel. Não nos ocorre exemplo melhor de que aproximação de fato não significa nada mais que afastamento. Depois daquele primeiro encontro, quanto mais nos aproximamos de nosso escritor, tanto mais, e com igual intensidade, nos afastamos dele, na mesma proporção em que ganhamos acesso a sua personalidade, afastamo-nos de sua obra, cada palavra dita por ele, cada pensamento pensado, distanciava-nos dessa mesma palavra e desse mesmo pensamento em sua obra. Por fim, ele nos fez ter nojo dela, corroeu-a, dissolveu-a, tirou-a de nós. Ao deixarmos o hotel, alegres só pelo fato de podermos voltar a viver sem ele, tivemos a impressão de que o escritor e sua personalidade, tanto quanto sua obra, estavam acabados para nós. O autor daquelas centenas de pensamentos, ideias e percepções, a quem nosso intelecto serviu durante décadas e nosso amor permaneceu fiel, aniquilara sua obra na medida em que, em vez de negar-nos proximidade, acabou por procurá-la contra a nossa vontade. Daí em diante, ouvir seu nome era já quanto bastava para nos repugnar.

Gênio

Num hotel do centro de Viena, cidade que sempre tratou pensadores e artistas com a maior falta de consideração e desfaçatez possíveis e que poderia com certeza ser chamada de o grande cemitério das fantasias e das ideias, porque dilapidou, desperdiçou e aniquilou um número mil vezes maior de gênios do que aqueles aos quais de fato emprestou fama e renome mundial, foi encontrado morto um homem que, com absoluta clareza de pensamento, deixou registrado num bilhete o verdadeiro motivo de seu suicídio, bilhete que, então, prendeu ao paletó. Durante décadas, perseguira uma ideia, naturalmente uma ideia filosófica, que lograra desenvolver e de fato finalizar numa obra relativamente extensa, sua ideia tendo por fim consumido todas as suas energias. Não recebera, porém, o reconhecimento esperado. Embora houvesse na verdade *mendigado* reconhecimento, este lhe fora negado pelas instituições e pelas pessoas a quem teria cabido demonstrá-lo. De nada lhe adiantara ter comprovado a imensa grandeza de sua obra. Não apenas a inveja dos colegas mas também toda a atmosfera contrária ao intelecto da cidade de Viena, sua obtusa inumanidade, o haviam conduzido à morte. Como, porém, não desejasse macular seu caráter, queimara a própria obra antes de se suicidar, pusera fogo à obra de sua vida, de fato reduzindo-a a nada em poucos instantes, uma obra cujo surgimento demandara décadas mas que ele não desejava legar a uma posteridade que não a merecia de modo algum. A pavorosa possibilidade de que, como tantos outros entre seus pares, ele viesse a ser reconhecido e, portanto, explorado e tornado famoso depois de morto o fizera destruir sua grande conquista, uma conquista efetivamente muito superior a tudo o que já fora pensado e escrito em sua área de estudos. Desde o princípio, escreveu ele por fim em seu bilhete, a cidade de Viena vivia das obras de seus geniais suicidas, e ele não estava disposto a se tornar mais um elo nessa corrente de gênios.

Novecentas e noventa e oito vezes

Não faz muito tempo, veio a público o colapso sofrido por um ginasiano na chamada ponte de Floridsdorf, depois de tê-la atravessado cerca de mil vezes de um lado a outro. O garoto alegou que, a caminho da escola, teria sido assolado por um súbito *medo brutal da escola*, como o teria chamado, que, uma vez tendo ele pisado na ponte, não lhe permitira deixá-la, mas o fizera caminhar por ela quase mil vezes, de uma ponta a outra. Para tentar esquecer o medo, pusera-se a contar os passos daquele seu vaivém pela ponte de Floridsdorf, mas acabara desistindo da contagem, que ultrapassara suas forças. Contudo, havia pelo menos conseguido *contar e guardar* quantas vezes atravessara a ponte em uma e, também, na outra direção. Exatas novecentas e noventa e oito vezes. Os pais foram buscar o rapaz de dezesseis anos, que, esgotado, tinha sido conduzido por funcionários até um posto policial no Am Spitz, bem no centro de Floridsdorf. O que será dele, não é possível dizer.

Regresso

Quando os jornais daqui se dignam falar de algum artista extraordinário de seu país, um artista de importância e fama mundiais, sempre se referem a ele como *certo* artista, porque dessa maneira podem infligir-lhe em sua própria terra dano bem maior do que se escrevessem logo o que, na verdade e na realidade, pensam desse artista, que odeiam acima de tudo e vão, com esse seu ódio, perseguir até o fim da vida, pelo simples fato de ter ele nascido em seu país e de pertencer a sua geração, que não produziu muito que seja digno de nota. Não perdoam o fato de ele os ter um dia abandonado pela arte ou pela ciência, e também por, mediante a continuidade ininterrupta de sua obra, haver demonstrado a um só tempo sua própria grandeza e a nulidade deles. Não havendo, porém, outro jeito, porque o mundo todo está escrevendo sobre o artista que consideram um desprezível renegado, também eles se põem a escrever a seu respeito, mas apenas para jogar na lama aquele a quem vão perseguir a vida inteira. Não percebem que, desse modo, eles próprios é que afundam cada vez mais nessa lama. Com sua inveja e seu ódio, compeliram meu amigo a ir para Newcastle, na Austrália, onde ele se sacrificou inteiramente por sua ciência. Quando, anos atrás, atormentado pela saudade, ele me disse que deixaria Newcastle e voltaria para casa, enviei-lhe de imediato um telegrama no qual lhe advertia que não voltasse para sua terra, chamei sua atenção para o fato de que sua terra natal nada mais era que um inferno de vilezas, que negava o intelecto, aniquilava a ciência e as artes, e que aquele regresso significaria seu fim. Ele não seguiu meu conselho. É um homem moribundo, que há anos tem por domicílio regular e pavoroso o manicômio Am Steinhof.

1ª EDIÇÃO [2009] 1 reimpressão

ESTA OBRA FOI COMPOSTA EM ELECTRA PELO ACQUA ESTÚDIO E
IMPRESSA EM OFSETE PELA GRÁFICA PAYM SOBRE PAPEL PÓLEN BOLD DA
SUZANO S.A. PARA A EDITORA SCHWARCZ EM OUTUBRO DE 2025

A marca FSC® é a garantia de que a madeira utilizada na fabricação do papel deste livro provém de florestas que foram gerenciadas de maneira ambientalmente correta, socialmente justa e economicamente viável, além de outras fontes de origem controlada.